울컥, 대한민국

신현림

사과꽃 현대시 1

울컥, 대한민국

신현림

사과꽃

自序

위기는 우리가 모르는 것에서
오는 게 아닌 안다고 확신하는데서 온다
—마크 트웨인

사람은 자신이 보고 싶은 것만 보려는 성향이 있다.
서로가 다르면 낯설고, 1mm라도 아파오기 때문일지 모른다.
그래도 자신과 거리를 두고 전체를 보면 우리는 좀더 이해하고
가까와질 수 있다. 쉽지는 않아도 노력한 만큼 사랑할 수 있다.
그러면 내가 공부한 맥락과 전혀 다른 이들도 나의 여정에
함께 할 수 있지 않을까. 자기 생각의 틀에서 빠져나와
함께 생각하고 깨어나 다시 자유로와서 행복하면 좋겠다.

그동안 내가 알던 지식, 상식도 뒤흔들리고 속은 지식도 참 많았더라.
이런 격변기는 태어나 처음이다. 긴가민가했던 일이 진짜가 되어
충격을 준다. 전과 완전히 다른 시대 흐름을 SNS에서 알렸다. 하지만
소수만이 경청을 했다. 대체로 무리를 짓고, 듣고 싶은 얘기가 아니면
배타적이거나, 경청하지 않았다. 그래서 시를 열심히 썼다. 4년간 쓴
이 시집을 5. 6월에 2번을 인쇄했다가 시장에 못 풀었다. 표현의 자유가
어려워져 시를 다시 바꾸게 되었다. 이 시들이 20, 30 세대와 이어지고,
내 경험이 그 모두를 아우르면 좋겠다. 내일을 예감하고, 대비하는 길에서
깨달음과 위로가 되길 빈다. 지금은 수난의 시대, 영적 전쟁중이라 한다.
이제라도 문학예술인, 지식인들이 목소리를 내면 좋겠다. 좌우 상관없이
옳고 그름에 대한 분별력으로 민첩하게 움직이고, 서로 뭉쳐서 격려하고
위로하는 마음이 절박하다. 긴가민가했던 일의 충격 속에서 마음을 가다듬고,
다시 생명의 등불을 켜도록 힘이 되주는 정보와 사랑이 필요하다.
사랑하는 딸과 내 가족과 인연들, 그리고 온 국민이 나라의 위기를
헤쳐가며 자주 빛을 느끼면 좋겠다. 언제나 신神은 우리와 함께 하신다.

2021. 서촌 속 의왕. 신현림

차 례

상식파 자유주의자 양심렌즈로 본 세상 – 프롤로그

1부 **울컥, 대한민국**

2부 **그레이트 어웨이크와 그레이트 리셋의 전쟁**

3부 **이만열이 본 한국인 거울**

상식파 자유주의자
양심렌즈로 본 세상
– 프롤로그

울컥, 대한민국

감사해요
이 바람,
이 하늘에 감사할 때
나무는 꽃을 피운다

꽃이 질 때 바람이 불고
마악 마음 잡고 일을 할 때
눈보라가 친다 눈보라에 갇혀
어디로 갈지 모를 때
이 땅에 해가 안보일 때

신께서 해 너머 등불을 주셨다
등불 너머 외로움을 주셨다

외로운 내 곁에
신께서 함께 하셨다

내 몸에서 흐느끼는 한반도

가야지, 가야지 하며
이제 왔습니다
부서진 내 몸 조각들 맞춰 오느라
오래 시간이 걸렸습니다

하나씩 맞춘 내 몸 조각
흔들리는 한반도가 비춰 있고
붉게 물든 한강 물이 출렁였습니다
하나로 뭉친 조각들로
붉은 물은 맛있는 크로플로 바뀌고
세상 거짓이 진실로 바뀌고
십자가 뿌리가 울고
당신이 보였습니다
당신은 내 손에
한 개의 와플을 쥐어줬습니다

와플을 손에 쥐고 오래 걸었습니다

상식파 양심렌즈로 본 세상

나는 행복해지고 싶어
음악을 듣는다 수십 번을 들어도
나를 깨어나게 만드는
유튜브 와플을 먹으며 걷는다

꿈은 찬란한 햇살 속에서 피고
창밖에 우렁찬 외침이 타오른다
런던, 베를린, 코펜하겐, 바르셀로나, 파리에서
셧다운에 저항하는 외침에 울컥한다
아하, 첫 키스처럼 울컥한다
아하, 올바른 외침은 처음처럼 울컥한다

옳은 일에는 망설임 없이 나선다
틀린 일에는 틀렸다고 외치고
잘못한 일은 사과하고 가는 거다
자유를 달라는 외침은
어두웠던 땅을 통째로 들어 올린다

홀로 떨어져 보면 더 잘 보여

함께 흐르면 외롭지는 않아
함께 있어 따스하나
보려는 것만 보니 전체를 못 보고,
아는 게 틀려도 모르겠지
한 발 물러서서
옳고 그름이 제대로 보이는
어항 밖에 섰어
외로움은 슬픈 게 아니야
외로움은 자유의 바람 속이야
외로움은 나를 깨워 나를 지킬 기회야
무지개까지 뜨면
하늘에서 달콤한 벌꿀이 떨어져

하늘 보고 먼 바다를 보면
어항 속이
얼마나 비좁은지 알 거야

Inspired by Damien Hirst, Isolated Elements Swimming in the Same Direction for the Purposes of Understanding 의사소통을 위해 한 방향으로 흐르는 고립된 존재들 1991

미안해요, 반성합니다, 고맙습니다

다시 눈물나게 하는 순한 말
곡갱이 보다 무거운 거짓말에 밀려
잃어버린 고운 말
잃어버린 고운 정
그 착한 물길 다시 열리길 기다립니다
지친 눈에 담긴 착한 해를 봅니다

유리병처럼 맑고 고운 말
비단같이 스르르 부드럽게
마음 어루만지는 말
남 탓 없고 거짓 없이 착한 말

Inspired by Rene Magritte Oil Painting, 1962

고대국 어느 왕의 속삭임

오랜만의 인세는
내 슬픈 염려수갑을
한 달만큼은 풀어주리니
한 달만큼은 희망의 꿀맛과
마음은 고대국의 무덤만큼이나
덤덤하고 편안해지리니
고대국의 풀향기와
개망초꽃이 내게 안겨 온다
고대국 어느 왕이
깨어있는 영혼은 바람보다 질기고 가쁜하다
속삭이며 내 안으로 불어온다
이곳 사람들은 늪으로 끌려가는데
늪을 생일 케익으로 착각한다
더러 사람들은 깨어난다

깨어나 신발을 신으려다
신발 속에 꽃이 피어 울컥한다

다짐

세월이 가도 조금만 아프자
철문을 내리며 싸우지 말자
제대로 모르면서 나무를 갈라
국민이 싸울 일은 아니다
남자 여자 싸울 일도 아니야
스스로 신神이라 여기는 자들이
지구가 자기 거라 뒤흔들고
하수인들은 뒤에서 돈을 세며
우리가 싸우는 걸 즐길 것이다

제대로 공부하고 내일을 준비하자
마지막 저녁 기차를 놓치지 말자
사랑할 시간이 없다 더 이쁜 말로
더 부드럽게 하루는 흐뭇하리니
사람을 좇지 않고
진실의 강물 기차를 타자

내가 나를 지나치지 않게

텅 빈 거리는 찬 바람만 흘렀다
손잡이에 병균이 묻었을까 봐
지난 봄엔 편의점도 마트도 지나쳤다
사람 만날 일도 지나치고
내가 나를 지나치지 않게 공부를 했다
중공 코로나와 경제에 대해서
공포심은 제대로 알지 않아서였다

너와는 먼 일처럼

잘 살고 자유로왔던 지난 날은
먼 배처럼 아득해지고
저마다 어둡고, 힘들게
쌀과 물을 간신히 나를 수 있을 뿐
앞이 안 보이는 내일로 가는데
우리 목숨을 정하는 정치를
천박하다며 당신은 먼 일처럼
학인지 닭인지 모르게
고고하게 살고 있구나

당신이 코로나에 걸려도 좋아요

- 코로나 시절의 사랑 . 1

당신이 코로나 걸려도 나는 좋아요
같이 걸려 죽지 않을 만큼만 아플래요
덴마크와 영국 사람들처럼
마스크를 벗을 때까지
우리는 영영 마스크 쓴 채로
키스해야 될지 몰라요
멀리 마스크처럼 보이는
돛단배가 당신이라면
나는 바다가 될래요
당신이 해처럼
머리가 벗겨져 빨개도 좋아요
빨간 지렁이만 아니면 좋아요

원피스를 입은 소

- 코로나 시절의 사랑 .2

우리는 자꾸 가난해지고,
팬데믹 뉴스만 들리고
서로 낯설어지고 있어요
왜 거리에서도 마스크를 쓰나요
바람이 흐르면 어떤 균도 1초를 못버티는데,
제대로 모른 채, 질문 없는
당신과 나는 생각하는 사람이 맞나요
노르웨이, 감기 일종인 코로나19 해제 뉴스
코스타리카, 브라질 대통령 백신 반대 뉴스
백만 저항으로 백신 여권 취소시킨 영국인들
바람 흐르는 곳에서 마스크 안쓰는 서양인들
이 외신은 뭐죠? 왜 유튜브를 안찾아 보죠

우리의 자유는 마스크만큼 좁아졌어요
사랑과 우정도 사치일만큼 마음이 좁아졌죠
법이라서 지키지만, 자꾸
마스크는 코뚜레로 보여요
퇴근길에 웬 소들이 많은지
나는 원피스 입은 소가 됐어요

제발, 써주세요

- 코로나 시절의 사랑 . 4

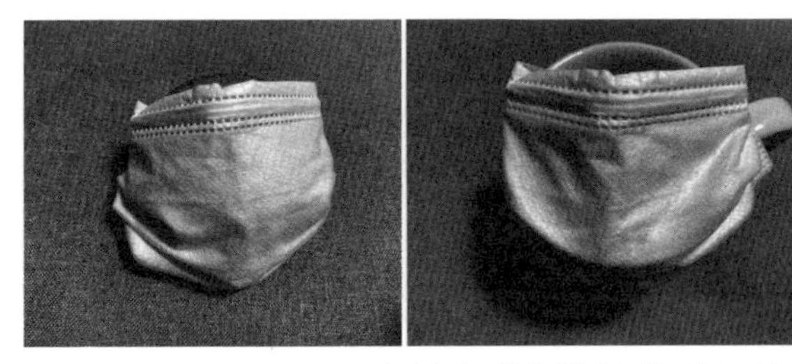

Apple 's Travel#10 , Shin HyunRim. Inkjet print. 2021

당신에게 애절히 밀려든 것

- 코로나 시절의 사랑 . 2

아무리 더러운 세상이라도
따스한 친절이 돈다방만큼 필요해
다발을 다방으로 잘못 쓰니
커피 냄새가 애절하게 스며든다

아무리 더러운 세상이라도
섹스는 하고 살아야지
세수를 섹스로 잘못 쓰니
사랑 냄새가 애절히 밀려든다

종이 자전거를 타고 달렸지

자전거를 타고 달렸지
저녁 바람이 부드러워 더 잘 달렸지
텅 빈 도시 풍경이 종이 병풍 같았지
시대 병풍도 달라져 제대로 못 보면
어떤 글, 어떤 그림도 쓸모가 없어지지
지금이 아니면 언제 행복할까
꿈꾸는 행복이 빵이라면
빵이 식지 않게 내가 난로가 되는 거지
마침 시각장애인이 지나갔다
문득, 볼 수 있음이 미안하고 놀라웠다
감사의 눈을 뜨고 노을에 가슴 떨고
종이자전거로 달리니 쓸쓸하지 않았다

호빵, 아구포, 팥칼국수, 원두커피
오랜만에 간식거리를 사두면
들떠서 종이 자전거는 집으로 날아간다

혼자 있으면 깨어나

나를 슬프게 한 일을 바라본다
생각이 달라 멀어지거나, 누군가
먼저 연락이 없는 한 마지막일지 모른다
수많은 작별의 새들을 키워가는
우리는 감당 못할 만치 약한지도 모른다
누군가는 아프지 않으려 가차없이
차단하거나 가차 없이 자르며 간다
사람은 자신이 이별의 칼자루를 쥐려 한다
이기적인 어리석음이란
자르면 잘린다는 것을 잊는다
사회주의 문턱이라 사람 냄새가 더 빨리
사라진다 그저 가방 챙기기 바빠서
찬찬히 여유롭게 경청할 줄 모른다

문득 깨달은 꽃 하나
누군가 오고 가는 일에
마음 두지 말라고 좋게 생각하라고
그런 꽃 하나가 가슴에 피어났다
풍경처럼 보고, 놔두는 지혜의 꽃이

인생의 놀라운 것을 세고 싶어

등대처럼 한쪽으로 치우침 없이
두루 넓게 보고 싶어
등대 불빛처럼 깨어 살며
태양과 달과 춤을 추고 싶어
아무도 없는 사랑에 아파하기보다
실패가 몇 번인지 세어 보기보다
인생의 놀라운 것을 세고 싶어
내가 잘한 일을 세고 싶어

빵 하나의 말랑말랑한 즐거움과
좋은 책을 읽고 비로소
내가 되는 기쁨을 갖고 싶어
내 사랑하는 나라, 하늘 깃발
학의 날개처럼 훨훨 펄럭이게
두 번도 아닌 단 한번의 세상에서
나와 같은 생각인 사람들과 웃고 싶어
같은 곳을 보는 누군가
기분 좋은 누군가

해는 떴을까

해는 떴을까 억울한 친구를 애도하며
촛불을 켜도 방은 어둡다
먼지가 쌓여 모자는 더 회색이 되고
계절이 바뀌어도 여행 꿈은 꿀 수도 없다
어젯밤은 거대한 양배추 같은 언덕에서
벌목되는 문둥산을 봤다 북한같아 섬뜩했다

문 닫은 가게마다 점포 정리, 라고 써 있다
나, 라는 점포는 언제 해가 뜰까
더 이상 나를 팔 수 없는 날이 오겠지
한강에 새들이 날아가도 같이 갈 수가 없다
나는 새가 아니기 때문이다
신발이 많아도 나갈 수가 없다
누가 나를 잡아당길까 무서웠다
모자를 쓰고 나무를 심으러
길을 나서는 나를 생각했다

* 손정민군을 애도하며

우리는 다시 만날 수 있을까

우리는 다시 만날 수 있을까
대한민국이 대한민국으로 남아 있을까
하얀 태극기가 바람에 휘날릴 수 있을까

하나로 뭉치기에 얼마나 더 쓸쓸해야 할까
한강에서 본 노을이 아름다워 우는 게 아니라
한강마저 침략자들에게 빼앗기는 줄 모르고
틀린 일에 줄 서고 틀린 줄 모르고
달라진 세상 몰라 다치고
선과 악을 분별 못하는 이들로 맘 아파 우는 일
얼마나 더 나무가 베어지고 민둥산이 되어야
깨어나며 하늘에서 크로플이 쏟아질까

아주 오랜 시간이 지나
우리는 다시 만날 수 있을까

아직도 설마, 하시나요?

언제까지 설마 하시려고요
맛집 다니고, 할 일이 많다구요
나라 사랑을 위해 2시간을 내주세요
사랑은 기꺼이 시간을 내는 일이잖아요
그 사랑이 당신 날개와 나라를 훨훨 날게 할테니
우아한 손가락은 뭐해 쓰세요?
우유 팩 하나 재활용하진 못해도 자유시장경제,
반시장정책. 검색하고, 생각하는 게 어렵나요?
깨닫고 내일을 준비하려 손가락이 숨 쉬잖아요

똑똑한 당신이니 옳고 그름은 분별하겠죠
감성적 기분파의 문제는 세세히 못따지는 거죠
이산가족 2세대인 저는 통일을 제일 많이
생각했을지 몰라요 하지만 세뇌는 무서워요
서울의 베네수엘라는 우물 속입니다 그래도
깨어난 이들로 희망의 크로플이 따스합니다
안개비로 쓰라린 눈이 잠시 맑아집니다

MZ 세대는 등대처럼 우뚝 서서

밥도 먹지 않은 그대로
지붕처럼 눈까풀은 위로 떠지지가 않아
꿈과 꿈밖의 들판, 내 안과 내 밖의 들판
우리는 살았는지 모르게 사라질텐데
그토록 힘과 돈을 가지려 할까
가져봤자 잃을텐데
힘 가져봤자 치매노인될텐데

의혹하지 않고 전체를 못 보는
눈은 손잡이 없는 호미와 같지
깨어나지 못하면 무너질 것이다
버리지 않으면 버려질 것이다

우리 세대는 낡은 포장지가 되어가고
MZ 세대는 등대처럼 전체를 보고
무너져가는 나라를 일으킬 것이다

세계는 3차세계대전 중입니까

아픈 못은 못마다
국수같이 부서져라
부서져 날아오르라
백석의 시 읊는 소리로 날으라
분단 희생자 백석시인은
분단 이후의 자기 시가 뻣뻣한
철사 같아 울음 삼키며 펜을 놓쳤을 테고
고난의 행군 때 굶어 죽었다 하니
두렵고 두려워라

하늘과 땅끝까지
혀마저 묶이는 세상이 되는가
못은 못마다 벽을 부숴 가라
생각이 다르면 등 돌리니
등 돌리는 슬픈 망치들이여
날아올라 헝겊 인형이 되라

Reason for aiming gun, Apple' s Travel#9, @Paris, France Shin HyunRim, Inkjet print, 2019

서울과 미국, 전 세계는
이제 총 칼이 아닌 3차 세계대전 중인가
투명 총이란 총 모두 헝겊이 되라
악과 싸우는 자리마다
봄의 태양은 쏟아져라
햇살 소나기는 퍼부어라

패가 갈리면 갈릴수록
한반도란 외투는 갈가리 찢기리니
전술만 제대로 알아도
뭐가 참이고 거짓인지 알게 된다
베트남전쟁 전과 닮은 침묵이 두려워라
두려운 이미지가 떠다녀라
우리는 이미지를 보고 판단하는
이상한 세계에 살고 있나니
이미지 낙인찍기 프레임상자 너머
밖을 못 보면 망가지고 망가지리니

다행히 총알은 사과알이었으니
두려운 붉은 사과
탕
  탕
 탕

솔잎차 _ 백신해독제 선물을 싸다가

푸른 솔잎차 선물을 싸던 중이었어. 밖을 보니 주사기 만한 비행기가 날고 있었지 머나먼 하늘 끝까지 슬픔이 해를 가려도 우울한 웅덩이에 빠지지 말자고 다짐했어 푸르른 솔잎 따다 차도 끓여봤어 우리에게 알려진 가장 강력한 항산화제 중 하나고 슈퍼 푸드래서 다시 보이네 붉은 적송이면 더 좋았겠지
솔잎처럼 길게 눈물이 나는 건 사람들이 소용돌이치는 나라 일을 깜깜히 몰라서야 그동안 자유했던 풍경에 젖어 못나오는 거야 솔잎처럼 길게 눈물이 흐르고, 떨리는 손으로 백신 산화그래핀 해독에 좋다는 솔잎차를 선물싸면서 기도했어 주사맞은 이들이 꼭 낫게, 슬프지 않게 해달라고

PS. 처방약 F에 ㅇㅇㅈㄱㅅㅊ균 강아지구충제 를 한 달간 1주일 하루 한 알씩 3일 복용. F. M. A. J 솔잎차 공복에 하루 3잔, 보리차, 유산균, 김치, 비타민B, 비타민D, 아연, 글루타치온 꼭 챙겨 드시면 좋아진답니다. 아침 공복에 마늘물, 생강, 카로티노이드, 셀레늄 등 항산화 음식을 함께 먹으면 시너지 효과가 크답니다.

하늘에서 와플이 쏟아진다

“자유가 아니면 죽음을 달라”*
외쳤더니
하늘에서 와플이 쏟아진다
지갑만한 크러플도 쏟아진다

하늘 지갑에서 돈이 쏟아진다
자유가 만드는 돈이
자유가 만드는 웃음이

* Patrick Henry
미국 독립운동가

보스니아 거리를 떠올리며

엄마 어릴 때 공산당에게
평북 선천 외가 집을 빼앗기고,
집을 가졌단 이유만으로 반동분자로 몰려
산으로 쫓겨나 움막에서 살았다
1. 4후퇴 때 미군이 구해줘
엄마는 늘 고마운 미국이랬다

이북에 생사불명 외가식구들이 있어도
인권의 해가 안보이는 통일이 두렵다
연방제는 붉게 물드는 세상인데
사회주의가 끝나도 썰렁함은 남던데

문득 보스니아의 12월이 떠올라
몹시 슬픈 냄새로 어지러웠다
그 썰렁한 가난의 냄새로

런던의 저녁

서울 저녁이나 런던 저녁이나
등불 켜는 것은 같네
불빛은 달콤해 꿀인 줄 알았네
등불 꿀통에서 쏟아진 빛이 눈부시네
템즈 강이나 한강이나
펼쳐진 역사책처럼 출렁이네
앞 강물 뒷 강물 손잡고 춤추네

멈추지 않고 이대로
버스가 흘러가면 좋겠어
영화필름이 스르르 돌아가듯이
차창 밖을 보며 드는 생각
침묵하고 구경만 하면 편하구나
자기만 아는 지도자의
백성들은 일만 하느라
손이 호미를 닮아가네

슬픈 빵주머니, 깨어난 1%가 저래요

내 가슴은
텅 빈 빵 주머니처럼 슬퍼요 그래도
아침이면 호빵처럼 맛난 해가 뜨겠죠
제가 살고 싶은
자유세상을 위해 어떻게든
슬픈 빵 주머니에서 뭐든 흘러나오겠죠

제 판에서 깨어난 1%가 저래요
지금은 30%쯤 되겠죠 숨죽여 고민하겠죠
자기만 살려 들면 대한민국은 없어지고
인민사회주의가 되면 우리는 어떻게 되나요

이 추운 봄날
곁에 남은 가족과
친구들에게 선물할 빵을
어제 산 빵 굽는 기계로
말랑말랑한 해까지 구워볼게요

망치 들고 춤추며 울다

슬픔이나 배고픔을 은행알 껍질같이 벗겨내
아무 일도 없는 듯 우리는 춤을 춘다
낯선 법들 닭튀김처럼 쉽게 튀겨져도
많은 이들은 모르고 지나갔다
은행알 껍질이 우박같이 쏟아져도
놀라지 않았다 조선 노예의 삶이
껍질같이 굳어졌나 망치로 맞아야 깨어날까
몇 사람은 망치 찾으러 다녔고
몇 사람은 귀와 눈을 갈아 끼울
새도 없이 잠들기 바빴다
나와 당신은 망치 들고 춤을 췄다
유튜브 영상따라
베니 킹을 따라 노래 불렀다
춤추는 마릴린 몬로를 따라 춤췄다
소피아 로렌, 지나롤로 브리지다
윌리암 홀덴을 따라
서로 망치를 들고 울었다
서로 뭉쳐 아픈 법 하나는
망치 꽃을 피웠다

희망등

그림자가 다 지워지도록
저미는 가슴으로
희망등이 비추는 바람을 본다
점점 비워져가는 통장과
점점 가난해지는 사람들
검은 바람 속에서
마스크 쓴 이들이 지나간다
아무 질문도, 의심도 없이
시스템을 따르는 이들을 나는
긍휼의 등불로 바라본다

흐느끼는 하늘
종이같이 구겨진 구름을 나는 본다
"최고의 시력은 통찰력"인데
이것이 모자른 세상이 아프다

백년간 한번도 성공 못했다

모두가 폭신한 구름집에 사는 줄 아니
다들 가난으로 비참하게 살다 죽는다
이념으로 싸우다 죽고
또 지들끼리도 죽여요
그래도 자유자본주의가 낫단다
부자들 인정해주고 편히 돈 쓰게 해야
경제가 돌고, 그나마 폭신한 구름집이야
사회주의는 모두 망하는 거란다
문화의 힘도 쭉정이가 되잖니
그만, 어른의 말씀에 울컥했다

* 〈부자 자본주의, 가난한 사회주의〉 저자
지텔만도 사회주의는 100년간 한번도
성공한 적이 없다며 자본주의가 답이라 말했다

5년 후에 알았다

조선인들이 나라 잃은 걸
일제 강점기 5년이 지나서야 알았단다
미국 뉴스에서 얘기된
위험한 한국을
얼마만에 깨달을까

누구도 우리를 구해주지 않는다
우리 스스로 해를 굴려야 해가 보인다

위험한 시대의 온도계가 되고
알람 소리보다 먼저 깨어
나라 살리는 흐느낌에
남보다 먼저 경청하고
나처럼 당신도 깨어나고 있다

이 시대의 안부인사

우리는 서로 모르는 척 지나간다
모르는 척해야 저마다 무거운 삶이
등불같이 환하고 가벼워질지 모른다

생각이 다르면 등 돌리며 간다
조금이라도 얼룩같이
티 나면 손해 볼까
누군가는 너무 계산을 하고,
누군가는 아무 생각이 없다
누군가는 배신감을 느낄까 봐
애써 아는 체도 안한다

어쩌면 저마다 수세미를 닮은
양심이 될지도 모른다
자유 등불을 잃는지도 모르면서

Apple's Travel#10 , Shin HyunRim. Inkjet print. 2021

1. 유엔을 모든 인류의 유일한 희망인 것처럼 홍보한다 2. 독립된 군사력의 단일국가가 필요하다고 강조한다 3. 공산국가들과 모든 국가에 대한 미국 원조를 늘인다 4. 미국에 대한 동맹서약을 폐지시키게 한다 5. 교육계를 장악, 공산화 사상을 교과서에 주입시킨다 6. 언론에 침투해 서적비평 및 편집, 언론정책 결정 과정에 참여케 한다 7. 미디어 영화산업계를 공산주의자들이 선점한다 8. 모든 예술표현방법으로 미국문화에 반감을 키운다 9. 동성애, 변태성교 및 난교가 일반적이고 자연스럽고 건강한 성생활인 것처럼 선동한다 10. 인간에게 종교가 필요치 않단 생각을 키운다 11. 미국 건국 아버지들이 이기적 인물이란 거짓말을 퍼뜨린다 12. 모든 형태의 미국문화를 축소시킨다 13. 교육, 사회복지 계획과 이어진 사회주의자의 모든 활동을 지원한다 14. 대기업침투, 대기업을 해체한다 15. 성적 타락, 이혼을 부추킨다

- 알버트 시드니 허통주니어(전 미국의원)의 코뮤니스트들의 전술 45가지 중 15

우리 몸 깊이 스미다

구두 냄새처럼 익숙하네 이게 그들 전술였구나 우리도 모르게 당연히 올바른 상식처럼 몸 깊이 스며 있었어 한 켤레 구두처럼 ㅂ의 목표와 똑같네 구두를 꼼꼼히 닦듯 제대로 살피지 않았네 허허, 놀랍고 기막히네 둥둥 떠다니는 사과처럼 나는 쓸쓸히 웃었어

Apple's Travel#10 , Shin HyunRim. Inkjet print. 2021

꽃잎 흩날릴 길도 구름도 한 줌으로

마르크스와 엥겔스가 프랑스에 유학 갔다가 ㅂ의 조직인 "공산 동맹"에 가입했었지 꽃잎 흩날리는 길도, 구름도 한 줌인 ㅂ의 목표에 마르크스가 꽂혔구나 꼬치처럼 지구가 호박이라면 이제 좀 쉬라고, 호박죽을 끓여줄텐데

1. 모든 개별 국가의 파괴 2. 모든 종교의 파괴(사탄주의 제외) 3. 가족제도의 파괴 4. 사유재산 제도 파괴 5. 높은 가격의 상속세로 상속권 폐지 6. 애국주의 파괴 7. ㅂ의 통제를 받는 UN국제연합 아래에 세계정부창조 - ㅂ의 7대 목표

새로 시작하겠니

새로 시작하는 건 너 자신을 제대로 아는 거야
알을 깨고 나가듯 온몸으로 느끼고
온몸으로 너 자신을 아는 거야
그것은 사람이 뭔지 왜 사는지 깨닫는 거야
네가 잘못 안 지식, 슬픈 냄새
골병들게 만드는 이념 따위로 싸울 필요도 없이
제대로 공부하는 거야 역사를 제대로 알고
자유 시민의 가치를 알고 자유를 이어가는 거야
알 속에 고인 퀘퀘한 물을 버리고, 씻고
바람에 말려 새로 태어가는 거야

네가 할 수 있을 만큼이 아니라
네 모두를 던져 모두를 얻는 자유를 위해
십 년만 참고 공부하고 일하면 알은 두툼한
저금통이 될 거야 십년 공들이면
너만의 꿈, 너만의 길이 열릴 거야
우리가 할 일은 끝까지 깨어 사는 것
구름을 가르고 떠오르는 태양처럼

SNS를 봐야 보이는 불쏘시개

나는 유튜브 언덕을 돌며 세상을 보네
SNS 모닥불을 안피우면 세상이 안개 속이네
요즘 어떤 말이 화제의 불쏘시개인 줄 아나

국민 개돼지 너머 국민 가재 붕어, 대한민국 공산화, 중국 조공국, 전체주의, 감시체계 확립, ㅂ, ㅍ, 트럼프와 군부의 비밀군사작전, 켐트레일, 적그리스도, 프리메이슨, 교황의 실체, 팬데믹, ㅂㅈㅅㄱ를 가리는 병풍, 국가파산, 인류감축화, 백신여권, 강제접종 반대소송, 덴버공항 지하도시, 트렌스 휴머니즘, 하이브리드 인간, 뉴 월드 오더, 온난화, 라는 어젠다

진짜일까 나는 무서운데 가짜 뉴스라 말하면 너는 무얼 보는 거지 러시아 룰렛같은 세상인데

낮은 사랑의 인사

이 나라 어둠은
무심했던 내 탓도 있다
가슴을 치고 고개를 떨구면
풀도 고개를 숙이고
날아가는 신문지도 운다

내 나라 어디든 데려다주는
빛과 바람에게
손을 들어 인사를 한다
안녕, 안녕
저마다 키를 낮춰 인사한다
꽃잎이 흩날리고, 바람은
강강수월래 둥근 춤을 춘다

반성문의 역설

이 땅에 어두운 강물이 굽이치네
꿀에 젖은 시간을 노래하는
시들은 우리를 위로하지 못하네
꿈이, 마른 하늘이 울부짖네
검은 땅, 검은 옷의 청춘들이 우네
도울 길 없이
힘없는 나도 따라 우네

.... 2030세대의 미래를 무너뜨렸습니다. 소득주도성장, 부동산가격폭등으로 내 집 마련, 결혼, 취업, 취업 모두 포기해야 했습니다. 586 기득권 집단을 위해 기회의 사다리를 모두 부쉈습니다. 극단적 페미니즘을 조장, 지원하여 서로 사랑하며 행복해야 할 젊은 남녀를 이간질했습니다. 이제 우리는 부모세대보다 못살게 된 첫 번째 세대가 되었습니다. - 신전대협

기묘하네 대한민국 크로플이네

코리아 와플이 맛있어서
내가 어디에 있는지 모를 지경이야
와플에 만두도 넣고 김치도 넣어봐
중공 바이러스도 넣고 사과도 넣어봐

바삭바삭 맛있어서
백신도 시금치도 필요 없이
무적함대 뽀빠이가 되는 거야
여기 대한민국이 맞나
지금 어디로 가는지도 모르면
시간을 잃고 서로를 잃고
영영 대한민국 크로플은 부서질 거야
아니, 아니, 다시 일어설 거야
기묘하네 역시 코리아네

울컥, 대한민국 2

태어나서부터 불렀다
울컥, 대한민국
수많은 언덕을 넘고
수많은 눈보라를 헤치고
수많은 눈물과 웃음과 주검으로
대한민국이 되었듯
이 땅에 새 술이 흐르게
새 길이 파도처럼 출렁이게
힘들어도 끝없이 일어나렴

어디로 가는지 모를 기차에서도
살아남기 위해 공부하렴
기뻐도 슬퍼도, 울컥
울컥, 하는 것들로
다시 일어서겠다고 다짐하렴
수많은 연습으로
매일 다시 태어나는 네가 되듯이

Apple's Travel#10 , Shin HyunRim. Inkjet print. 2021

홀로 따스할 때

꿈이 있어 내가 늘어나 쓸쓸하지 않았다
음악이 있어 곁이 따스해 슬프지 않았다
이십 년의 인연 1 만원짜리 전기요는
나를 따스히 안아주었고
비가 내리고 눈이 내려도
슬프지 않게 희망 난로 켜기는 중요했다

지난날을 후회로 태울 시간지폐는 아까웠다
내가 둘인 듯 나를 타이르고 일으켜 세웠다
벼랑 끝의 나라를 위해 배달의 달인이 되었다
유튜브 진짜 영상을 나르다 울기도 했다
슬픔은 슬픈대로 바다로 흘러 출렁였고
그리움은 그리운 대로 기차소리를 내며 흐르고
겨울비 소리에 젖어 나는 홀로 따스해졌다

자유

내가 숨쉬던 것은 공기 너머 자유였다
내가 마시던 것은 물 너머 자유였다
내가 쉬던 자리는 자리 너머 자유였다
내가 가는 길은 길 너머 자유였다
내가 외쳤던 광장은 광화문 너머 자유였다
내가 그리워 한 고향은 고향 너머 자유였다
내가 여행가고픈 나라는 미국 너머 자유였다
내가 사랑할 사람은 남자 너머 자유였다
내가 사랑하는 딸은 딸이 누릴 자유였다
이 모두 자유 안에서 사랑이 숨 쉰다
자유 안에서 돈이 자라고 사랑의 힘도 커가니
자유는 빛이고, 꿈이고, 신의 사랑이다
사랑하고 사랑을 전하는 자유
살아있는 이유였다

1부
울컥, 대한민국

당신이 운다

– 울컥, 대한민국 .1

시를 읊으니 새가 운다
엉컹퀴가 흐느끼고
바다풀이 쓰러진다
쓰러지지 않으려고 쓰러진다
울지 않으려고 울고
슬프지 않으려고 슬프다
어두워지는 나라가
밝아질 때까지
새가 운다
당신이 운다

대한민국이 사라지면 어떡하지

- 울컥, 대한민국 .3

밥그릇보다 뜨겁게 울어도
너는 모르고 모르나니
여태 몰라도 여기 사람이냐
물어도 못 알아듣는 깜깜이니
새까맣게 타버리는 나라
대한민국, 이름이 사라질지 몰라

뼛 속 깊이 아프면서
저무는 나라 껴안는 사람들
언제 붉은 파도에
먹힐지 모르게 위험한 나라
엄마가 묻힌 내 사랑하는 나라
대한민국

울컥하는 이유

– 울컥, 대한민국 .4

자전거를 탈 때마다
분홍빛 저녁 구름을 보며 시간을 잊었다
나라 경제가 나쁘면 문화부터 헐렁해지는 걸
즐겨 찾던 대림미술관 입구에서 발견했다
심야에 미술관 가까이서 본
커피색 담비를 떠올렸다
빨리 달리는 담비가 인생이라 느낄 때
지나간 날의 아픔보다
다가오는 날의 아득함보다
지금 이 순간을 안고 달리는 법을 배웠다

달리면서 그 무엇을 봐도
울컥하지 않는 것이 없다
수많은 족쇄 법이 통과되어 울컥,
무관심한 국민들로 울컥,
잃으면 영영 잃을 자유로, 울컥

밥그릇만 있고 대한민국은 없다

- 울컥, 대한민국 . 5

강아지풀보다 부드럽게 비가 내렸다
한 청년이 강아지를 안고 지나 갔다
나는 ㅂㅈㅅㄱ 표지판을 안고 갔다
서로 가슴에 안은 것이 달랐다
사랑에 빠진 사람에게 6. 25를 아냐고 물었다
미국이 무기 팔려고 일어났다고 말해
나는 무기로 한 대 맞은 듯 충격받았다
김일성이 남한 삼키려는 전쟁임을 알렸다
공산주의를 아냐고 묻자, 고개 저으며
애인 생각에 아이스케키처럼 녹아내릴 듯했다
여기 수정예요
그 친구에게 애인은 있고, 한국이 없었다
지식인들에게 밥그릇만 있고 한국이 없었다
저마다 카르텔과 눈치만 있고 한국이 없었다
눈 앞의 밥그릇만 있고 국가는 없었다
땅강아지만 있고, 땅은 없었다

땅강아지보다 못한 국민들 땅은 중공에게 먹혀도
땅강아지처럼 말도 못한 채
1센티 앞만 보고 전체를 못본 채
강아지풀처럼 작게 비에 흔들려 갔다

친구라고 부를 사람도 줄어드나

- 울컥, 대한민국 .6

애플 와플 먹고 싶어도 참고
룽고 커피가 마시고 싶어도 참는다
애플 와플처럼 쉽게 이곳을 박살 낸 자들을
바다에 던지고 싶어도 바다 거품 물고 참는다
중국 공산당과 정책연대 뉴스가 떴다
중국과 손잡으면 온 땅이 부서진 애플파이 된다는데

서로 다르면 아파서
친구라고 부를 사람도 줄어드나
예전에 난리쳤을 일들이 무섭게 늘어나도
이 세상 스피커는 다 끈 것처럼 조용하다
당신은 살아있나요

나는 당신과 살아 남을래요

경청

– 울컥, 대한민국 . 7

밥 걱정 없는 이는

“자유”가 신발 신는 일처럼 당연한 줄 알아

한상진 교수 말씀대로 진보가 수구 좌파된 줄도 몰라

자영업 중산층이 무너지면 더 빠른 코뮤니즘인데

옷 속에서 몸이 작아지며

절규하는데 비명소리가 안들리나 봐

서녘 구름이 딱딱해지도록

텅 빈 벽에 대고 말했나 봐

Shin HyunRim. Inkjet print. 2021

가난해졌다

- 울컥, 대한민국 . 9

슬퍼서 걷기 힘들만치
우리는 가난해졌다
거리는 동구유럽 여행 때처럼 썰렁하고,
25년 전으로 돌아간 주머니
25년 전으로 돌려놓은
위정자들 주머니는 100억으로 늘었네
2-3억으로 늘었네, 하며
뉴스 나올 때마다

우리의 시름은
골짜기보다 깊어지고
푸른 하늘과 맑은 새소리가
잘 들리지가 않았지

Apple's Travel#10 , Shin HyunRim. Inkjet print. 2021

아무리 많아도 하나인 것

- 울컥, 대한민국 . 10

아무리 많아도
당신 만나러 가는 길은 하나인 것
당신이 보일 때까지
퍼져가는 땅 냄새, 코리아라는 나라
내가 왜 태어났는가 당신이 물어보면
이곳을 지키고 푸른 씨앗 가득 뿌리라는 것
이곳에 사랑 물드는 꽃과 향기에 설레고
이곳 사람들과 계란국같이
맑고 따스한 인사를 나누며
두 눈 속에 출렁이는 하늘에
감사하고 기도하라는 것

누구 하나 굶주리지 않고
누구 하나 자살하지 않게
누구 하나 빼앗으려 넘보지 않게 나는
새처럼 단단히 나는 힘과 지혜날개로
산을 넘고, 빛의 바다를 안고 가는 것
나라가 더 큰 나라가 되도록
나라의 이익 먼저 헤아리는 일

당신이 있어 내가 있고

- 울컥, 대한민국 . 11

당신이 아플까
당신을 잃을까
내 몸도 둘로 웁니다
해가 둘로 나뉘고
바람도 둘로 나뉩니다
당신이 있어 내가 있고
우리가 있는데

언제 우리가 하나 되어
길마다 들꽃 가득 피워
기뻐 울 수 있을까
온몸 크로플 등불이 되어
당신 환히 밝힐 수 있을까
언제 감동하고 사랑하고
함께 춤출 수 있을까

2부
그레이트 어웨이크와
그레이트 리셋의 전쟁

그레이트 어웨이크,
그레이트 리셋의 전쟁

지금 전 세계는
그레이트 어웨이크와
그레이트 리셋의 전쟁인가요

자유 민주주의를 구하려는
트럼프와 국방부 플린 장군,
케네디 2세의 큐아넌 동맹과

세계 단일정부로 만드는 ㅂ과
NEW 코뮤니즘 연맹 세력인
그레이트 리셋 세력과의 전쟁인가요
무슨 말인지 모르겠나요?
그럼 새와 꽃다발을 들고
저를 따라오세요

지구는 그들의 인형극장

우리는 걸어 다니는 시신인가, 인형인가
오른쪽 왼쪽 갈라치기로 싸우는 인형극을 만들어
거대한 손아귀로 그들은
기후조작, 전쟁, 전염병, 교통사고, 테러로
지갑 부풀리고, 세계인들을 유령으로 만드나
인류의 적은 그들이란 얘기가 있다

좌 우파 전쟁, 인종 전쟁은 다 헛싸움이다

중얼중얼

그 나라 최악의 부패한 범죄자 간첩씨가 키운 ㅂㅌ ㅋ은 ㅈ나라와 ㅂ과 ㄷㅍ이랑 신공산주의, 라는 같은 화살표를 바라본다 나라를 부시는 간첩씨가 내세운 ㅈ씨, ㅋ씨랑 중산층과 국경을 부시는 중이다 스스로 신이라 착각하는 ㅅㄹ과 지구 완전정복이 꿈인 ㄱㅇ ㅊ은 세상을 레고처럼 쉽게 부셔 갔다 레코드 돌아가듯 마스크 쓰라는 방송에 마취되는 동안 우리 살림주머니는 풍선 바람 빠지듯 줄어들었다 전세계 사회주의 공산화 터미널에 이르면 우리는 어떻게 될까

당신이 모르는 3차대전 빵틀 이야기

ㅂ

“ㅂ을 너무 몰라요”
“계속 말하면 알지 않을까요”
ㅂ과 희나리, 라 장난칠 수도 있고
문풍지처럼 얇은 귀를 펄럭이며
똑똑한 이들은 ㅂ을 찾을테고,
멍청하거나 엉성한 이는
ㅂ을 알아도 희나리는 모른다 할 거예요

브레드 피트가 폭로한 ㅂ

브레드는 빵집에서 익어가고 피트는 피트니스에서 뛴다 희나리는 ㄹ섬에서 지은 죄를 설건이하는 법을 모른다 전 세계는 밀가루 반죽처럼 익혀지지 않았다 아이들의 울음소리가 그치지 않았다

> “ㅂ을 들어보셨습니까? ‘비밀단체, 정치인들, 은행가들, 언론매체들’, 이들이 바로 ‘ㅅ 비밀써클을 운영하는 자들입니다’ 이들이 바로 ‘전세계를 다스리는 자들이고 이들이 바로 헐리우드’를 지휘합니다” - 브레드 피트 2017년 10월 13일

또 뭐야 뭐야

이번엔 또 뭐야 뭐야 갈코리처럼 달겨드는
GMO 음식, 실험 인육 가짜 고기, 인간 GMO,
또 뭐야 뭐야 우한 바이러스에서 유전자변형모기까지
기후재앙 어젠다는 지구재앙으로 오나
모래 바람이 몰아쳐오네
그러나 오늘
킬의 사형뉴스가 따스한 비처럼 몰려왔다

창문에 드리운 컴트레인

하얀 비행기 구름인 줄 알았다
아득하게 하얀 선을 긋고 가는
구름이 아름다워 보고 또 보았다
가래. 기침. 눈 따가움 경보요.

창문 절대 열지 마세요. 마음창문만 여세요
창밖 먼 제트기 구름은
인구감축 살인 독가스, 란 애기를 들었다

아마도 ㅎ씨

아마도 ㅎ씨는 막시스트예요. ㅂ이 키운 대장여성 3명 중 한 명이죠 나치 대장의 딸, 이란 얘기도 있죠 어린 ㅎ씨가 그 나치 대장과 찍은 사진도 봤어요. 손안의 와플같이 확실히 쥐어져야 알지만, ㅎ씨도 지금의 온 세계 새로운 코뮤니즘의 길을 닦았대요 ㅂ의 일꾼 레사와 그녀 아들 처럼요

레사의 책들을 버리다

가난하고 병든 이들은 더러운 곳에 두고
자신이 아플 때는 최고 시설에서 치료를 받고
독재자 범죄자 악독 정치가들에게 기금 받아
더러운 머니 세탁소가 레사
알고 보니 인신매매범, 그들의 심부름꾼
멀리서 보면 코메디, 가까이서 보면 대사기극
내 가슴은 까맣게 태워진 솥이 되었다

벼랑길 청춘

세상 구름이 어디로 흐르는지, 뭐가 맞고 틀린지 다 안대요 초등생까지 정치 이슈 다 알고, 유난히 40 50세대가 붉은 물든 걸 안대요 흰 신 안신으면 취직을 못해 일을 못해 젊은 애들은 선택권이 없대요 십년이 지나도 세계여행 구름과 애인과 집도 꿈꿀 수 없이 내일이 벼랑길처럼 어둡고 슬프대요

커피가 술인 날에

커피만 마셔대네
커피가 술인 날에
커피가 신경 안정제인 날에
슬프고, 염려 많은 날에
내 고향 의왕에서 본
흰 오리떼를 생각하자,
창 밖에
흰 오리털 함박눈이 쏟아졌다

지구, 라는 여행가방

돈이 많으면 지구가 자기 여행가방인 줄 아네 지구 주인이라는 그 집안은 ㅍㄹ와 은행과 주식, 보험과 ㅍㄹ 닮은 미국 부자들도 사육하고 결국 지구는 사육장이네

바이러스역 다음은 대공황역

작은 죄라도 안 짓는 게 제겐 행복이고
역사의 죄인은 안되려고 애썼어요
침묵할 수는 없어요
바이러스 역 다음에 대공황 역일지 몰라요

인구 다이어트

왜 가정을 부술까? 궁금했어요 왜 인권을 핑계로 튼튼한 자손 잇기를 막나 궁금했어요 기어이 구슬픈 울음까지 지우는 그들의 세상 만들기는 다이어트였나요 우리를 메미의 허물 정도로 아는군요

에포크 타임즈에서 코뮤니즘 목적*을 보다가

코뮤니즘을 알면 알수록
해골들이 눈 앞에 둥둥 떠다닌다
멀리서 보면 유리사과처럼 보이는 놀라움
더 볼 수도 없이 나는 담뱃재처럼 울고 있었다

전등처럼 겸손하게

전등처럼만 겸손하면 이 세상 불행 1그램씩은 줄어가
리 미국 유명배우와 여성 정치가, , 의 군재판 사형설과
킬의 사형설은 왜 환한 불빛으로 쏟아지나

바빠씨의 비극

시간내서 고민하고 공부해야 진실을 아는데
바쁘다 바빠씨는 창가에 배고픈 애들이 울어도 울음소
리 못 듣고 그저 바쁠 뿐이네

가죽보다 질긴 유행이념

네오 막시즘, 그람시 진지전 성공
하부가 아닌 상부 문화혁명으로 성공한
코뮤니즘과 싸우는 게 지금의 두 나라구나
이 유행의 그림자는 가죽보다 질기구나
그래도 미국은 한국보다 낫지
압승하고도 ㅂㅈㅅ로 모든 걸 강탈당했어도
나라 사랑뿐인 그가 있으니까
케네디 2세, 마이클 잭슨의 큐아넌이 있으니까
악을 피해 살아있다는 그들이
그와 함께 함을 믿든 안믿든
가죽보다 질긴 이념은 유행이 아니었어
십자군전쟁 때부터라는 말도 있으니까
다들 질기다 마음의 주인보다
지구 주인이 되려고 난리치는구나

Q의 메시지 속으로

책상 위로 물고기들이 헤엄치네 오늘은 5400명의 아이들을 구출한 ㅌ의 뉴스를 봤네 한해에 미국 애들 20만명이 실종되는 이유를 아나 떠올리기조차 힘든 악당들 범죄에 슬퍼하는 물고기들의 눈물로 내 방은 바다가 되어버렸네

Shin HyunRim, Inkjet print, 2021

이는 번영을 약속하나 주는 건 빈곤입니다. 단결을 약속하지만, 주는 것은 증오와 분열입니다. 더 나은 미래를 약속하지만, 언제나 과거의 암흑기로 돌아갑니다 예외는 없습니다. 언제나 그렇듯이. 역사와 인간의 본성에 대한 무지에 뿌리를 둔 슬프고, 용도폐기된 이데올로기입니다 그것이 예외없이 독재정권을 낳는 까닭인 것입니다 그들은 늘 다양성을 사랑한다고 말하지만, 언제나 절대적인 순응을 강요합니다. 정의와 평등과도 관련이 없습니다 가난한 이들을 구제하는 것과도 관계가 없습니다. 관심을 가지는 것은 단 한 가지, 지배계급을 위한 권력일 뿐입니다. 권력을 가질수록, 더 많은 권력을 갈망합니다. 그들은 의료서비스와 교통과 금융을 운영하고 에너지, 교육을 비롯한 모든것을 운영하기를 원합니다 그들이 원하는 것은 결정권입니다 누가 이기고, 누가 질지 누가 올라가고, 내려갈지 그리고 심지어는, 누가 살고, 누가 죽을 것인지를. 진보라는 깃발 아래에서 나아가지만 끝에 남는 것은 부정과, 착취와, 부패일 뿐입니다. 미국에게 이 이념을 요구하는 세력들에게 우리는 다시 한번 간명한 메시지를 전합니다 미국은 결코 그런 나라가 안될 것입니다

노을 커피 마시며, 그의 연설을 듣다가

나는 커피에 노을 넣어 마시던 중였어
시대 이념의 알몸을 응시하며 그의 연설을 들었지
알몸이 드라이해서 모포를 덮어주고 싶었어
노을 넣은 커피 한 잔을 건네며
당신은 누구를 위해 있나 물었어
환상을 가진 자면 듣지 않아도 돼
누구의 생각이든 존중하니까 다만, 나는
커피도 못마실 가난한 세상이 올까 겁나
위기에 중요한 건 살아남을 지갑이잖아
제대로 알려고 전부 찾아보는 거야
아는 만큼 노을커피를 편히 마시니까
아는 만큼 내일을 준비하니까
아는 만큼 살아남으니까

그들의 울음 구두

구두에서 울음소리가 들려요
그 울음소리 사연을 아는 트럼프는
미국을 구하려고 군부가 세운 대통령,
지구 방위 사령관이래요
반대 뉴스 들으면 당연히 그를 욕하겠죠
시선에 따라 이렇게 다르다니 놀라워요
그와 미국의 어두운 울음소리가
어떻게 나는지 나는 궁금했어요

구두 울음 소리만이 아니라
곳곳에서 불안의 나무를 키우고 테러, 전쟁을
일으키는 이들이 누군지. 음모설인지 궁금했어요
세상의 어둔 다락방에 갇힌 아이들과
소아성애 범죄자들이 음모설인지 아닌지
울음소리가 자명종 소리처럼 아프게 울리면
울음구두를 내 귀에 대어봤어요

케네디 2세는 JEOGE와 함께 살아있다

"그들의 계획을 깨닫고 내 죽음을 속이고 그들 손이 닿지 않게 되었습니다 긴 세월 Q프로젝트를 계획했습니다 이것이 진실입니다"

그들의 암살계획을 미리 알고 케네디 2세는 살아남았다 그가 창간한 잡지 <JEOGE> 1999년판 커버의 헤드라인에는 킬 게이츠의 세계정복, 소름돋는 코로나 유포설도 있다 최악의 시나리오- 폐를 공격하는 바이러스로 인구 과잉의 지구가 멸절상태, 의 내용이다 1999년에 2020년을 예견한다 허허, 웃다가 몹시 추워진 나는 해를 사러 다녔다 내 서른 살에 기쁨을 줬던 분, 동시대를 사는 기쁨을 준 케네디 2세에게 선물할 해가 열리는 나무를 사러 다녔다

Shin HyunRim, Inkjet print, 2021

3부
이만열이 본 한국인 거울

잠이 잘 오는 병원

당신과 나는
태평양과 대서양같이 떨어져서
그립지 않은 척을 한다
그립지 않다고 해야
마음 다칠 일 없이 담장이 쌓아진다
얼마나 안 다쳐야 쓰러지지 않는 집이 될까
얼마나 고단해야 생계 안심 팡파르가 울리고
얼마나 다 이루어야 끓는 솥같이
입 속에서 웃음이 넘칠까

성공과 실패는 뫼비우스 띠며
역사는 회전목마일 뿐
좌파 우파의 먼지는 저울대로 재지 못해도
빵조각을 바라보는 안목이 달라 아프고
자꾸 갈라치는 나쁜 이들로
이곳은 언제쯤 잠이 잘 오는 병원이 될까

기후재앙 블루스

– 사과밭이 사라지는 이유

오월의 추운 날씨와
농가에서 바로 짠 우유를 그냥 버리고
사과알은 팔 길이 없어 사과밭이 사라지고
남의 나라 사과를 국산으로 파는 이유가
어디서 오나요 기후 전쟁,
기후 재앙으로 기아 재앙을 부르나요
기후 재앙을 만들면 세계 유명 독점 기업가
입 속으로 억만 트럭 돈더미가
부릉부릉 굴러갈까요

한국인 거울

– 왜 슬레이브 실험장

거울 속에 흰 폭설이 내렸다
수많은 한국인들이 흰 폭설을 맞고 있었다
거울은 액자 그림처럼 아름다워도
나는 슬레이브가 안되려고 몸부림쳤다
눈은 떴어도 깨어있지 못하고
흰 눈이 내려도 왜 눈이 내리는지 묻지 않고
흰 눈이 스티로폼인지 젤리인지도 묻지 않고
전체를 보는 일이 사랑인데
전체를 못보는 이들 속에 나는 있고 싶지 않았다
하지만 자꾸 거울이 따라와 나를 비췄다
아악~~~
내 비명소리에 거울이 깨져버렸다

한국인은 온라인 쇼핑에 강하다. 쇼핑에 긍정적이다. 심각한 위험을 심각하게 생각지 않는다. 깨어 살지 못하는 약점이 쉽게 착취당하게 만든다. 많은 고령자들이 기술사회 발전에 뒤처진다는 뜻이다. 많은 지식인들은 뭐가 잘못인지 알려들지 않는 한심한 수준이다. 지적 전통의 최고 가치를 잃었고, 언론 장악과 편파 왜곡 뉴스, 우민화 정책으로 판단력을 잃었다. 쉽고 빠른 것만 최고로 치는 냄비근성. 진보 좌파는 독재자의 이중 인격적 파시즘 정책을 좋게 본다. 공부 안하는 게으른 수구가 되었음을 뜻한다. 우파는 미국이 달라졌음에도 도와주리라는 향수를 갖고 있다. 무기력했으나 깨어있는 시민 정신으로 이전의 좌파와 우파 성향이 바뀌었다. (한국인의 치명적 약점) - 이만열 Emanuel Pastreich, 1964~ 조지 워싱턴대, 경희대학교 교수역임

도나도나

하나님의 바람을 따라
도나도나, 를 부르며
자전거를 타고 흥얼거렸지
하늘에는 컴트레일
땅에는 코로나 백신
바다를 지나치듯 지나칠 수 없고
기차를 타고 도망칠 수도 없지
누가 만드나 누가 이걸로 돈을 버나
알아도 말할 수 없는 투명쇠사슬에 묶여
괴로웠던 나는 용기있는 목소리가 되어
열렬히, 절절히 자유의 소중함을 외치지
매일 듣는 도나도나를 따라부르지

송아지나 돼지가 되긴 싫어요
어떻게든 노예가 되긴 싫어요
자유가 있어 경제가 살아나고
자유가 기회임을 다시 배우며
내 슬픈 나라를 애인처럼 껴안지

대단해

주욱 늘어진 엿가락같이
느슨한 한국인은 대단해
단 한번도 남한을 포기한 적 없는 북한이
더 대단해 대남 적화전술이 조금 먹혔나
중년의 한국인 머리는 금붕어처럼
붉게 되도 모른다니 아프도록 대단해

모두가 똑같은 가난, 똑같은 집, 똑같은 생각
가난으로의 붕어빵 행렬이 떠올랐다
코뮤니즘은 다 똑같아지는 블록 틀인데
시멘트 붕어빵처럼 다들 잘 살아 보세

나는 지느러미를 가진 붕어로
바다를 하늘로 알고 날고 싶어
바다를 우주로 알고 날고 싶어
바로, 자유로운 나, 나로 살고 싶어

경제 아이큐만 낮은 당신

쌓아 놓은 건 반 년 먹을 쌀과 라면과
읽은 책만 가득하다
책 한 권만 읽은 사람이 제일 무섭다는 말
이 말이 몹시 와닿는 시간
이곳 사람들은 생각보다 두루 보질 못한다
우간다보다 낮은 경제 아이큐로
자유경제에서만이 경제가 산다는 걸 모른다
1류가 침묵해서 3류로 느껴지는 곳
나라가 거덜 나도 하늘 거울을 안보고
보고 싶은 것만 보기에
이곳은 푸른 등대불이 안보인다

오랜 세월 쉽게 세뇌라는 설탕과
소금물에 절여진 오이피클을
생각 못하면 무섭게 무너질지 모른다

다 똑같다

거울 속에 나무 한 그루가 둥둥 떠다닌다 저 나무 한 그루처럼 다 똑같다 사회주의나 공산주의나 전체주의, 경찰국가, 파시즘 그 뿌리는 다 같다 세대와 남녀 갈등과 분열은 커피 마시듯 그들의 탁월한 기술이다 거의 다 속고 싸우고 있으니 채플린의 콧수염 볼 때처럼 슬프도록 웃음이 난다 그들의 기술을 나도 응용해 사람들을 즐겁게 하고 싶다 거짓도 아메리카노를 드립커피처럼 타 마시는 친밀한 테크닉임을 이제 안다 제대로 알면 내일이 준비된다 가슴 속에서 두려움은 까마귀처럼 날았다 까마귀를 자세히 보니 채플린의 콧수염을 닮아 있었다

반일 발작증, 친중 환장증

크로플이 먹고 싶네유 투표지 만한
크로플은 마음에 오래 남을만큼
맛있구만유 펜데믹으로
전세계 누가 돈맛에 쩔었는지 따져 봐유
포도알같은 돈 받아먹고 국민 괴롭히는
좌우넘들 양쪽 다 나와 속죄해유
나라 이익 먼저 안따지면 나라 없어져유
친일에는 발작하면서
친중에는 왜 이리 조용해유
굶어죽고 싶은가유, 김일성수령의
갓끈 전략, 반미 반일하면 IMF와유
크로플이 먹고 싶네유 숨이 막혀서
크로플 끄나플이 돼서
마구마구 돌아다니고 싶네유
마굿간보다 구슬픈
내 몸 바람쐬고 싶네유

불가피한 상황과 싸우는 것을 그만둘 때 우리의 힘이 해방된다
그 힘이야말로 우리에게 보다 풍부한 인생을 창조하는 것
– 엘시 맥코믹

질문

시계가 왜 시계인지
달력이 왜 달력인지
국가는 왜 국가인지 이 나라가 제대로
흘러가는지 묻지 않아도 되는지
누가 왜 우리를 나누는지
누가 왜 코로나를 퍼뜨렸는지
묻지 않고, 생각지 않고 사람일 수 있는지
불행의 그물을 못 느끼니 기이하지
캄캄한 돌인 알을 깨고 나오려는지
알을 깨고 날개를 펄럭일런지
안과 밖을 뒤집어 보지 않고,
스테레오타입에 실려 다니는 건 아닌지

운명의 기차여 우리는 어떻게 되는가
슬픈 우리는, 살고 싶은 우리는

강남역 5번 출구

울음이 멎자 해가 떠올랐다
그 햇살 속에서 눈물을 멈춘
검은 옷의 시민들이 다시 피켓을 들었다
무지개를 들고 선 줄 알았다
무지개는 ㅂㅈㅅㄱ 피켓 위에서
가장 아름다운 색을 내더라
누가 시켜서도 아니었다

자유는 비스켓이 아니라서
끈기있게 버티기 어려울 때조차
힘을 내는 게 자유라서
바위처럼 침묵하거나
가라앉지 말아야 해서
무너지지 않을
두 주먹 속에 해가 있더라

4부
통조림 국민

제대로 알면 강해진다

새로운 물길을 기다린다
사과씨만큼 가슴 떨리게 하는 눈보라
가슴 설레게 하는 사람냄새
잃는단 생각조차 안해 본 자유
울컥하며 다시 껴안는 자유

커피잔이 깨지듯 아프면서 깨달은 것
제대로 알면 강해진다
제대로 알면 두려움이 사라진다
사과해야 사이가 이어지듯
사과보다 붉은 해에 감동하며
우리는 다시 강해진다

공부하는 산타크로스 엄마

"인류가 담장을 만들어 문명이 태어났다 "
장자크 루소가 말했고, 하루키는 인용했다
마스크, 라는 담장을 어떡하지
백신여권, 이 백여우, 란 말처럼 두려워
두려움이란 담장은 공부 안할수록 커지네
공부해 깨달으면 두려움이 사라지네

내 마스크는 구름이 되고
흰 수염으로 바뀌고 흰 가발도 되네
흰 수염 산타클로스 엄마가 돼서
애들 세상만큼은 행복 포도밭으로 출렁이게
세상의 담장과 감옥을 하나씩 없애가려네
어미 꿈은 그 무엇도 부술 수 있지
하하
하늘에 담장이 없듯이
아무 일 없듯이 담장이 사라지겠네

내가 아는 역사랑 왜 달라?

내가 아는 역사랑 왜 달라? 더 찾아봐야겠어 박정희 대통령은 영웅이고, 어느 20대 유튜버는 노태우 대통령이 가장 저평가된 훌륭한 대통령이래서 놀랬지 헷갈려. 조선 시대는 북한과 닮은 노예와 강간의 왕국이며, 조선 노예제도를 굳힌 분이 세종 대왕이라니 철컥, 가슴 철문이 열렸지. 정조대왕은 망한지 130년 지난 명나라를 향해 제사 지냈대 내가 아는 역사랑 왜 달라? 슬퍼서 밀가루 와플을 씹었는데, 시멘트 와플이랄까 조선 왕과 양반들은 500년간 백성 위한 상수도 공사조차 고뇌 안했대 일제강점기에 일본인들이 제일 먼저 벌인 게 상수도 공사였대잖아 일제강점기에 생긴 내 고향 왕송저수지를 떠올리니 퍼즐 하나가 맞춰졌다 양반과 노비가 없어진 일도 박정희 대통령 때래 하나하나 퍼즐 조각을 주어들며 시멘트 와플을 멀리 던져버렸다

자살하는 나라, 통조림 국민

사람들은 통조림을 좋아한다
통조림 너머의 세상을 원하면서
통조림에 갇혀야 안심하는지 모른다
제대로 알면 충격을 받겠지
아직도 구시대 진영논리면 공부를 안한 거야
통조림에 갇혀 그들은
못나오는 걸까 안나오는 걸까
통조림 밖을 보는 걸까 안을 보는 걸까
아마 둘 다일지 모른다 통조림에서
홀로 나오면 제대로 보일텐데
빈 집 같은 외로움이 두려운 거다
나도 그랬기에 잘 안다

누가 내게 말했다
"자유민주주의에서 자유를 빼잖아요"
그럼 어떻게 되는 거지?
해와 바람처럼 자유를 당연히 여겼던 거다
내가 아는 역사가 다 뒤죽박죽인 괴로움은
나를 미치도록 공부하게 만들었다

대외 정치, 역사, 경제 메카니즘을 알게 됐고
진보와 좌파, 좌익의 차이도 알게 됐다
자살하는 사람은 봤지만 자살하는 나라는
처음 본다, 며 세계인들이 경악한 건 알까

통조림 국민은 다 같은 뿌리인
소셜리즘과 코뮤니즘을 계속 다르게 본다
공정, 정의를 외쳐서 잘 할 줄 기대했다
반시장정책 직격탄을 맞고 깨달았다
왜 나라 뿌리가 흔들리는지 알아갔다
유럽사회주의로 좋게 본 이는 유럽도 다시
자유시장경제를 들여 나라가 살아난 건데
제대로 아는 이들이 드문 것이다
ㅅ의원비리 의혹사건으로 나는 깨어났다
언 땅, 언 강이 따스히 풀리 듯
깨달음은 처음부터 제대로 살펴야 오더라
깨달음은 통조림을 옮기는 게 아니라
통조림통을 벗겨내는 일이었다

“진보”와 “좌파”는 다르다

자주국방-미군철수-반미, 반일과 한 가지다. 김일성 갓끈 전략이고, 보안법폐지, 연방제, 평화통일은 다 같은 말로 코뮤니즘 세상 만들잔 뜻이더라

민주화, 란 말에서 썰매타는 소리가 들리나

민주화, 란 말에서 왜 썰매타는 소리가 들리나
8-90년대 운동권에 대해 진중권의 말에 귀 기울이면
“표창장 위조하고, 나랏돈 삥땅하고, 위안부 할머니 등치고, 선거 개입하고.”
우리는 데모를 왜 했나 모르겠네 우리는 자유민주화였는데, 쟤네들은 인민민주주의였나 봐
문득 썰매타는 소리가 몹시 거칠게 들렸다

슬픈 민주화에 대한 증언 속에서

빛이 바래지 않을 자유를 위해 싸웠다
순수한 나라 사랑, 민주화 운동이었다
정작 허다한 민주화 주역들은
젖은 숯처럼 구슬프게 살다 갔다
정작 정권은 운동권 사람들이 잡고
태양광 판넬과 중공인 부동산 투기장이 되도록
온 땅을 빨간 보자기로 싸매갔다
2025년 안에 한국땅을 삼킬 거란
중공인 조선족 메세지까지 보니
매연 속에서 쿨럭거리 듯 매일 아프다
민주화 세대는 왜 데모했을까
왜 자꾸 돌풍과 비바람만 보일까

"민주화 운동을 하다 다치고 죽어도 보상 하나 못 받고, 살아남아도 취직 못한 경우도 허다해요 자영업으로 근근이 살고 말이죠 그래도 보상 바라고 한 게 아니니까 나도 민주화 운동할 때 집안일은 전폐하다시피 했어요 다들 죽을 각오로 한 거예요 죽어도 좋다는 마음 하나로.." - 역사의 산증인

내 곁에 아무도 없어요

눈이 그치고 해가 떠도 자유 민주주의가 그대로일 줄 알았어요 붉은 바람이 불어 체제가 바뀌는데 당신은 모르네요 이제 눈을 돌려 'ㅂㅈㅅㄱ'와 'ㅅㅇㅂㅅ'검색키를 눌러요 이제 빛의 우산 하나 켰들었어요 한강다리가 하늘로 들어 올려져 어디로 떨어질지 모를만큼 힘들지만, 노력하는 거예요 내 곁에 아무도 없어요 자유를 지키려는 두 눈에서 폭설이 쏟아져요

흰 신을 신지마요

연통은 막혀 있어요 흰 신만 신으란 말만 흘러와요 흰 신 신고 가는 사람들로 붐벼요. 나는 외쳤어요 흰 신을 신지 마요 신지 마요 흰 신에 독사가 숨었을지 몰라요 그 독이 천천히 당신을 물고 놓아주지 않으면 어떡해요 맨발로 통조림 밖으로 뛰어나가세요 저 들판, 저 하늘, 저 구름을 보세요 와우, 이제 살았잖아요

Apple's Travel#10 , Shin HyunRim. Inkjet print. 2021

기차 통조림

등불 먼저 켜고 외쳐야 할 어른들이
기차 통조림 속에 숨죽여 있다
힘 자랑하는 놈들
거짓말이 거품떼를 이루는데
왜 이리 고요한가
하늘의 꽃들이 죽어가고
구름 젖소가 말라가고
굶주린 새들이 날지 못하고
하루 한끼로 버티는
20대 청년들이 추락하는데
나라 금고는 더 무너져
베네수엘라가 생각나는데
우리가 탄 기차통조림이
진짜 추락할지 모르는데

아주 귀한 사람

잊어버린 그곳이 생각나
잊어버린 수많은 것 중에
잊어서는 안될 그곳으로
바람과 구름을 따라가렴
힘들다고 생각지 마렴 사람이
오고 가는 일에 매이지 마렴
유익한 물결따라 사람은 오고 가니
그 또한 이해하고 넘기렴

어려울 때 물과 미소를
건네는 이가 있다면
그는 아주 귀한 사람이다
그에게 감사하고,
누군가 쓰러져 있는 이가 있다면
소금같은 미소와
물을 건네주렴

5부
세상을 바꾸는 거룩한 각성

알보몬스테라

흙과 바람 풀냄새 가득한 곳으로
어둔 문 틈으로 빛이 온다
빛이 오는구나 오는 빛은
평생 오리라 믿지
믿어야 오는 게 빛이지
빛은 나누라고 쏟아지지
빛 안에서 잎은 잎끼리
살아있는 기쁨을 나누지

알보몬스테라

코뮤니즘과 인공지능이 결혼을 하면, 후후

코뮤니즘과 인공 지능이 결혼하면
자동화된 화려한 코뮤니즘이 재림하나
인공지능AI와 IT기술발달이 유토피아일까
모두 고급생활을 이어간다는 선동일까
일자리가 사라진 세상이 노동의 종말이라고 후후
기본소득제는 공산주의 정책인 건 아나
대량 실업으로 일자리 500만개가 사라진다
사라지게 한 건 아닌가 불행 국화빵 후후
잘못 설계한 인공지능이 전쟁을 부르면 후후
미국 일자리 47%는 20년 내 사라진다고 후후
없애는 건 아닐까 누구의 솜씨일까
트렌스 휴머니즘, 하이브리드 인간
이름짓기는 라면보다 맛있게 짓네 후후

내 구두 속에서 떠오르는 태양

내 구두에 바닷물이 출렁이고
붉은 해가 떠오르네
누군가 나를 떠나고 배반할 때
당신은 기도하며 오리니
장작같이 딱딱한 내 슬픔 활활 타오르니

아픈 내 나라의 시를 쓰면
사악하게 무너지는 땅은
포도원이 되라
포도알보다 달콤한 승리의 노래가
해금소리보다 흥겹게 하늘을 적시라
저마다 사막이 된 마음은 소나기여 쏟아져라
괴로움보다 괴로움을 이기는 노래소리가
생을 찬미하는 노래소리가 울려퍼지라

내 구두 속에서 떠오르는 태양
당신이 쓰다듬는 대지 어디서나

부정선거만으로 나라를 빼앗기나

아직 끝나지 않았어 한 번 바람 핀 놈이
계속 바람 피듯이 투표지만 보면 환장하나
탄로나지 않을 모텔처럼 CC 티브를 없앤
투표소에서 전쟁을 치루지 않아도
부정선거와 법만으로 나라 빼앗기는 기이한 시대
중공은 온 세계를 휘어잡는 게 꿈인가
모텔 모양의 와플 먹듯이 손쉽게
미얀마도 먹고 대만도 먹고 싱가폴도 먹으려나
알짜배기 서울 땅 16. 7%는 먹었는데
차이나타운이 몇 개며 중공유학생이 몇인지 아나
대한민국은 이름부터 없애고
위구르와 홍콩은 우리가 될 수도 있나

어둡기 전에 해야 편히 잔다

커다란 유리창에 점심 해가 물들었다
어둡기 전에 새로운 뭔가 해내야 편히 잠든다
새롭고 올바른 뭔가 해내려는 건 모험이다
"모험에 온몸을 바칠 때 신성함을 느낀다"
폴 투르니에 말이 생각났다
한국인들이 그닥 관심없는 신성함이다
해와 바람에게 가슴 떨며 고마워하는 마음
오래된 시간과 사라진 사람들과 이어지는 떨림
당연히 여겼던 것에 감사기도
하늘, 공기, 가족, 그리고 자유
오래 마지막 날까지 이어질 사이도 많지 않고
오래 기쁨도 이어지지 않는다
물과 밥, 한모금 햇살에 고마워 떨며
목숨이 이어지길 바라는 사람들 속에서
공포스럽고, 이 힘든 나날
무력감에 슬퍼도 다시 일어나려 운다
시계가 울고
등불이 운다

자유 등대에 불 켜주시라

꽃이 지기 전에 바람이 멈추기 전에
기회가 사라지기 전에
슬픔은 화산 불줄기처럼
터져 나오라 이 땅 살려라

끝내주는 솜씨들이야 4년간 빚 2천조가 늘었다 어떡하
면 빚이 휘발유처럼 타오르게 하나 조스 빨듯이 빨간
입이 슬프지 않길 바래요 힘 안쓰고 입다문 야당에도
계란 한 판 던져 주시라

친구들이여 국민의 위엄을 보여주시라
국민의 위엄과 마지막 지혜를 보여주시라
자유 등대에 불을 켜주시라

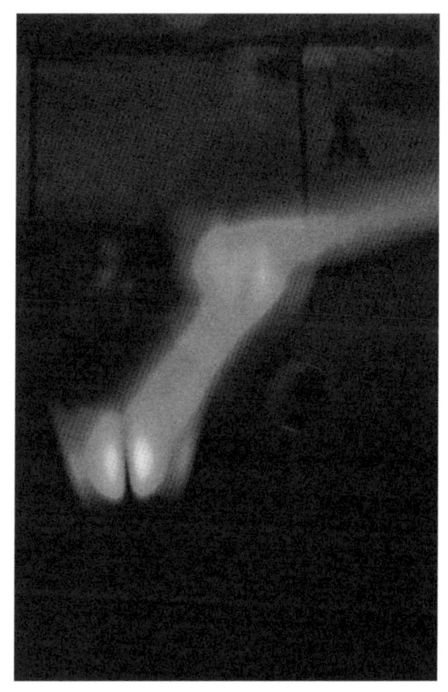

Apple's Travel#10 , Shin HyunRim. Inkjet print. 2021

거짓말에 대하여

목마가 물렁하다고 쓰면 시가 되지만
목마가 자꾸 물렁하다 말하면 레닌의 세뇌
코뮤니즘전술이구나

거짓말도 충분히 자주 하면 진실이 된다 - 레닌

거짓말로 인한 분노는 평생 간다 - 그렉 에반스

거짓말하는 사람은 쉽게 화를 내는 법이다 - 도스토옙스키

거짓말은 갓 말했을 때가 그 절정기다 - 플라우투스

사람이 정직하게 말하는 것은 거짓말 하지 않는 것이
마음이 편하기 때문이다 가장 잔혹한 거짓말은 때로
침묵 속에 말해진다 - G. 스티븐스

거짓말만큼 비열하고 가련하고 경멸스러운 것은 없다.
한 번 거짓말하면 두 번 세 번 하게 되고
결국 버릇이 된다 - 제퍼슨

Apple's Travel#10, Shin HyunRim, Inkjet print, 2021

NEW 세계 코뮤니스트들 슬레이브 셔츠를 주문했다

노예표 시계

시계가 노예의 시간으로 맞춰졌어요
백신 맞고 자꾸 몸이 흘러내려요
이제 베리칩 시대가 오나요 꼼꼼히
살피지 못해 불운한 운명이 됐어요

마스크

관타나모 흉악범들에게 씌운 이것이
슬레이브 표식이래 그래선가 입 닥치고
귀 닫힌 사람들이 붕붕 떠다녀 보였다

이념 검침원

이념이란 이삭이 빵인지 돌인지
세상에 이로운지 해로운지
옳고 그름의 돋보기를 쓴
이념 검침원이 있으면 환영하겠어

감성통조림에서 나와 보게, 문제는 경제야!

감성통조림에서 나와 국익의 들판을 보라구 풀들이 말라가네 아무리 듣기 좋은 구호, 이념도 나라 곳간이 비면 쓰레기네 머리는 붉게 물든 것도 모르고 나라 망하는 길에서 뭐하나 무심함과 무식함도, 게으름도 오만일세, 그 찌든 외투를 벗고 감정통조림을 벗고, 이 땅의 말라가는 들판을 봐주게

애국독재, 매국독재

이제서 박정희 대통령이 다시 보인다 중공 화교인이 부동산에 1원도 투자 못하게 한 법이 천년이 가도 칭송받을 일이란다 주변이 흉 보는 이들이 있어 다툼이 될까 가만히 있었다 그러나 다시 보인다 낙인찍기는 그만하자 진짜 친일은 따로 있더라 그만 다투자 마음을 지혜의 노을로 물들이자 상대를 인정 안하면 끝없이 싸우다 모두 망한다 세월이 흐르니 진짜와 가짜가 또렷이 보인다 자코메티의 조각처럼 군더더기가 사라지면 진짜만 보인다 본질이 보인다

레이몽 아롱 보온병

레이몽 아롱은 식지 않는 보온병 말을 남겼다
“정직하고 머리 좋은 사람은 절대 좌파가 될 수 없다.
정직한 좌파는 머리가 나쁘고, 머리가 좋은 좌파는
정직하지 않다”
공산주의자 샤르트르는 드라이한 소설이 남고,
레이몽 아롱은 지혜로와 보온병 말을 남겼다

거짓말이 미치게 만든다

거짓말은 내 머리칼을 불타는 나무뿌리로 만든다
미쳐버리게 한다

코뮤니즘을 알면 모래 폭풍이 보인다

책으로 공산주의를 배우면 공산주의자가 되고
몸으로 공산주의를 배우면 반공주의자가 된다
스탈린의 딸 스메틀라나 알릴루예바가 말했지
공산주의를 알수록 나는 모래폭풍이 보인다

가슴치는 댓글 하나

이 "땅의 민주화를 지켜보니 공산화 과정이었습니다"
내 가슴을 갈고리로 잡아 끌었다

포퓰리즘 부침개

붉은 머리 눈보라에 섞어봐요 밀가루같은 눈보라부추
전처럼요 아르헨티나풍으로 포퓰리즘 눈보라부침개는
어때요 잼나죠 레시피는 이렇대요"나라를 쪼갠다_국
민을 나눈다_나라창고를 거덜낸다_나라는 무너진다"
농담도 심하셔라 농담처럼 포퓰리즘부침개가 입속에
살살 녹아요 뭐가 뭔지 모를수록 맛있어요

나는 그저 상식파 자유주의자일 뿐

상식파, 하니 듬뿍 파 썰어 넣고
꽃가루 뿌린 냄새가 나요
같이 된장국 먹으러 갑시다

어두운 까페 유리창 너머

어두운 까페 유리창 너머
전자 출입명부 시행—표지판을 보고
무서워서 자전거로 막 달렸다
중공처럼 국민 통제로 간다는 건가
큐알코드—누가 어디에 있고,
무얼 하는지 들여다보는
시스템, 신호등 앞에 서면 내가 누구인지,
자기네 편인지, 아닌지,
안면인식 시스템 코드까지
예전의 크고 올바른 외침은 어디로 갔지
코뮤니즘 컨셉은 정치 편향으로 갈라치는 건가
갈라진 두 길을 버리고
자전거는 밤하늘로 달렸다
하늘이든 어디든 자전거 바퀴는 굴렀다
깨어, 깨어, 깨어지는
유리 소리에 자전거 바퀴는 멈췄다

우울 그네를 타고 하루키를 읽다가

하루끼의 생활이 부럽지는 않았다
하얀 종이처럼 시원한 자유는
마음속에 늘 있으니까 하지만
감기라며 코로나19를 해제한 노르웨이도 있고
영국도 취소한 백신 여권을, 한국이 만든다니
우울 그네에 앉아 나는 몹시 흔들렸다
사망자가 1천명이 넘어가면
멈춰야 정상이잖아 왜 사람들은 묻지 않지
사느냐 죽느냐, 문제인데,
주사기를 지팡이로 아나
검색조차 안한 채 벽을 하늘로 아나
자유한 삶이 얼마나 그립고 부러울지
앞으로 내내 느끼면 어떡하지

부자가 되고 싶은 당신

나를 바꾸려면
나비가 어떻게 나는지 보고
사랑을 갖고 싶다면
나무가 어떻게 기뻐하는지 알고
주식으로 부자 되고 싶다면
황금씨앗을 모아두고 공부계단을 밟는,
준비한 자에게만 행운이 온다는 거지

대공황이 노을회오리로 오고
집값 올라 나라 부서지는 총성 터질텐데
누군가는 아침 해를 마주 보는데
검은 달에 갇힌 나만 바보같다
잘못 살은 거 같아 맥빠지지

그래도 슬퍼만 할 수 없어
다시 황금 꽃씨를 뿌리려 공부한다

무거운 책 같이 떠오르는 내 몸

바람속에 무거운 책 같은 내 몸을 느낍니다
쉬지 못한 몸, 어깨 근육 뭉쳐 아픈 머리,
나라에 불어닥친 우울한 물결
당신 선한 숨결로 바꿔주소서
매일 투명한 눈빛으로 다시 살도록
숲 속 작은 꽃, 나뭇잎 볼 틈을 갖고
생의 값진 무언가를 배우게 하소서
바람결, 숨결, 물결. 당신이 주신 것마다
결을 음미할 수 있게 하소서

바다로 가는 마음으로
연분홍 장미와 새를 보는 고요함으로
다시 찾은 열쇠를 쥔 기쁨으로
당신이 연주하는 음악을 듣는
말랑말랑한 귀를 갖게 하소서
잠시 멈춰
사랑의 발길로 쉬어가게 하소서

* 그람시는 문화와 언어가 무력 못지않게 정치적 영향력에 중요하다고 생각했다. 「옥중서신」에서 문화와 정치가 서로 이어진 방식을 자세히 다뤘다

* 안토니오 그람시의 '조용한 혁명' 11개 아젠다 – 1. 지속적 사회변화로 혼란을 조성하라 2. 학교와 교사의 권위를 약화시키라 3. 가족을 해체하라 4. 어린이들에게 성교육 및 동성애 교육을 실시하라 5. 교회를 해체하라 6. 대량 이주와 이민으로 민족 정체성을 파괴하라 7. 인종차별을 범죄로 규정하라 8. 사법 시스템을 신뢰할 수 없도록 만들라 9. 복지정책을 강화해 국가나 기관 보조금에 의존하는 사람이 늘게 하라 10. 언론을 조종하고 대중매체 수준을 저하시키라 11. 과도한 음주를 홍보하라

진지전* 통조림

지나 보니 이념도 유행인 거 같고,
그 치명적인 이념의 시소를 타고 자라
폭넓게 공부하지 않는 한
대물림이 되는 걸 목격한다
네오 막시즘, 문화막시즘의 성공이라지만
무슨 이념도 아니란 말에 고개를 끄덕인다
그저 습관적인 돈의 탐식가로,
지구 대장 노릇 하려
돈만 보면 꼴리는 거다 돈 되는
뭐든 통조림 해 먹으려는 욕심에
시소 만한 상어들이
도시까지 몰려온다

기이한 크로플 만들기

와플 속에 밧줄이 있네 볏짚 가마니가 있고, 교회 때려부술 망치도 있네 빚더미에 깔린 구두들로 한 가득이네 와글와글 씨끄러운 와플 대한민국이 언제 와플이 됐지 솔알린스키 사회주의 만드는 8가지 방법으로 꽁꽁 묶여 가는 슬프고 기이한 대한민국 크로플

> 1. 의료서비스를 통제하라 그래야 국민을 지배할 수 있다 2. 빈곤수준을 최대한 높여라 가난한 사람은 통제하기가 보다 쉽다 3. 감당키 힘들만치 빚을 늘여라 세금 올리면 더 많은 사람들을 가난하게 만들 수 있다 4. 정부에 맞서 스스로 지킬 능력을 제거하라 경찰국가를 만들 수 있다 5. 생활-음식, 집, 수입 등 모두 통제하라. 6. 읽고 듣는 (신문, 방송) 것과 애들 교육을 통제하라 7. 하나님에 대한 믿음을 제거하라 8. 부자와 가난한 사람을 갈라치기 하라 불만 폭발의 빈자들 지지하면 부자들 장악이 쉽다 - 솔알린스키 사회주의 만드는 8가지 방법

슬픈 거리감

기차 유리창을 닮은 시간 속에서
신보수 20대 물결은 경제 안보 강했던
군사정권을 그리워하네
군사독재는 나쁜 걸로만 알던 민주화 세대인
나는 유리창 한 장씩 부서지는 아픔을 느끼네

그때는 군사독재에 저항이 애국이었지
초기 순수민주화 세대는 주춧돌이 되었고
정작 권력은 대한민국 북한화의 좌익이 잡았는가
우리 시대 감성을 써먹기가 좋았던가
한상진 진보학자 말씀대로
진보는 수구가 되고 수구는 보수가 되었나
막시즘은 전세계적이고, 유행이었나
페미니즘도 유행인가
극좌사회주의와 이어진 그 끝이
인구 다이어트로 보이는 건 나 뿐인가

모든 건 타이밍이다

사랑하는 나라는 어디로 가나
소셜리즘은 벼랑으로 달리는 주머니인데
평등과 자유도 서로 먼 당신인데
방과 운동장을 함께 갖는 걸로 잘못 아네
sns와 유튜브도 각성제라 눈에 띄는 글 하나
인용하네 누군지도 모르네
현자님 메시지라 이름 지었네

늦은 정의는 정의가 아니고 행동하지 않는 애국은 애국이 아니며. 모든 건 타이밍이다 영국은 1, 2차 세계대전 때, 여객선 침몰시켜가며 미국 끌어들여 승전했다 안 그러면 망한다 수단 방법 안가리고 이기는 게 최고선이다 백날 떠들어봐야 소용없다 구국의 행동만이 승리를 약속한다

어느 주린이의 헛수고 철학

인생이 헛수고인 걸 잊은 채
ㅂ과 ㅍ과 ㅈ나라가 지구 대장이라며
지 맘대로 병 주고 약 주면서 돈 버네
ㅂ의 하수인들도 돈 버네 버네
겨를 쌀이라 고집하면
쓸모없는 인생이 쓸모있는 줄 착각하지
인생이 헛수고인 걸 잊은 채

더 잃을 것도 없는
벼락 거지들만 슬프네
영혼 끌어모은 주린이들
서학 개미, 동학개미
오죽하면 주식을 할까
돈 잃을 때면
인생이 헛수고인데, 하며
마음 달래겠지

소프트 아이스트림 보다 밥그릇

어디로 갈까 잘 모르겠어 모르지만
뭐든 혼자 떨어져서 거리를 두면
밥그릇보다 빛나는 길이 보여
여전히 4년 전 촛불에 빠져 사는 당신과
열 번 든 촛불 속에서 빠져나온 나와의
생각 차이는 서해와 동해만큼 커졌어
 실업률과 물가는 치솟고,
여기저기 비리사건들이 터지고
이건 아니다 싶어 역사든 정치든 공부하며
우물물을 길어 궁금증의 목을 축였지

문제는 밥그릇이야
모든 우물물은 밥그릇이란 종착역에 닿는 거야
소프트 아이스크림처럼 달콤한 이념도
서민 밥그릇이 뭉개지면 휴지조각이 아닐까

나라경제 바퀴가 이대로 굴러가다
1인 출판사 모녀 가장의 입이나
차비가 없어 고향을 못가는 소년의 입이나

마른 입사귀처럼 쉽게 부서지고
많은 고독사가 굶주림인 걸 왜 생각 못하지

당신이 촛불 켠 이미지 물결 속에 살지만
생각해봐 그 물결이 어디로 흐르는지
둘러봐 누가 굶고 배가 고픈지

이제 어디로 갈까
내 이마를 햇살과 바람이 감싸고
빵으로 만든 피아노소리가
들리는 곳을 알아봐야지
왜 아우성소리가 나는지 묻지도 않는 당신과
자기 밥그릇만 보는 당신과
무슨 말을 해얄지 잘 모르겠어
모르지만 이건 아니야

6부
기쁨을 찾는 방식

나아가라, 잘 될테니

– 사랑하는 딸에게

커피는 책과 있을 때 더 따스하고
이불은 전기매트랑 있어 더 훈훈하고
우유는 딸기와 있을 때 더 산뜻하고
유리창은 커텐과 있을 때 안심한다

음악은 불빛아래 더 향기롭고
향기는 바람불 때 더 타오르고
나는 네가 있어 더 살아난다
타오르는 시간
타오르는 슬픈 기쁨
타오르는 축복 케익
단단해지거라 벼랑 위의 나라
제대로 알고 다시 일으켜 세울 나라
잘 될테니 네 지친 몸 추스리고
나아가라 잘 될테니 나아가라
딸아, 사랑한다

가족을 다시 느끼다

끝끝내 곁을 지켜줄 가족이 좋구나
끝까지 함께 할 형제 자매를 주신 그리운 엄마
산소 앞에서 엄마, 라는 울림이 여치 소리보다 낮고
가늘었다 그래도 연두빛처럼 따스했다
제부께서 준 기도 말씀을 함께 되뇌였다

"감사하는 자는 의롭게 살아 갑니다
그의 행위를 옳게 합니다 감사하는 자는
하나님이 돌보십니다"
함께 예배드리고, 찬송하는 합창소리는
털실같이 부드럽고 따스했다

Apple's Travel#10 , Shin HyunRim. Inkjet print. 2021

기쁨을 찾는 방식

이산가족 2세대인 나는 늘 통일을 기도했다
이제 통일이 두렵고, 사회주의 한국이 무섭다
뭐든 받으면 노예가 되는 일인데
배급도 싫고, 너무나 다른 체제 사람들이
하나가 되는 일이 겁이 난다
더 조일 수 없는 허리띠나
더 아낄 수 없는 지폐나
더 꿈꿀 수 없는 막다른 골목에서
더 나갈 수 없는 막막함에 눈을 감아도
한강은 굽이치고 강바람은 흐르겠지
정치가 주머니를 쥐고 흔드니

가슴을 치면서, 두려움을 떨치면서
음악채집통인 유투브를 틀고 다닌다
채집통에서 싹이 나길 바라지
꽃이 피고 나비가 날아올 때까지

엄마의 고민

내일을 두려워하지 않고
자주 통장잔고를 세지 않고
어떻게 하면 일을 더 잘해
누군가에게 영혼의 밥이 되어주고
우리 밥이 될 수 있을까 고민한단다
네 하고픈 공부를 시킬까 고민하느라
하루가 어떻게 가는지도 모른단다
많은 가장들의 고민일 거란다.
밤새 일해도 생활이 나아지지 않는구나.

하나 밖에 없는 딸인데
엄마 밖에 없는 딸인데
미안하다. 딸아

눈물 종소리

잃어버린 죄의식으로
잃어버린 눈물 종으로
되살아나는 양심 종소리로
함께 노을 바람으로 타오르면 좋겠지

내 모자는 봄바람에 둥둥 떠서
되살아나는 자유 등대를 부르겠지
오랜만에 나의 미소는
누군가를 미소짓게 하고, 잠시
애달픈 나라 걱정에서 놓여나겠지

낙원인 줄 알던 사회주의 환상자들은
얼음 속 물고기 심정을 언제 깨달을까

우리 우파, 우리 좌파 빗금치던 누군가도
중도 상식파, 를 기회주의자라 욕할 수는 없겠지
나는 자유시장경제를 되살리려 목 메이게
자유를 외친 자유주의 상식파지만,
같은 민족인데 누가 우리를 나누는 거지

무슨 파 생각 않고 산 사람들이 대다수야
탄광 속같이 앞날 캄캄하게 나누지 마
문제는 경제야 영혼의 세탁이야
사탕알보다 달콤한 자유야,
옳고 그름의 눈이야

잃어버린 죄의식으로
잃어버린 눈물 종소리로
이제 우리 깨어나야지
더 늦지 않게
되살아나는 양심 종소리로
나라 사랑하는 바람으로
노을 바람으로 타올라야지

슬플 때, 무지개 젤리

저와 꼬마님들이
나라가 있어 나도 있는 시,
가장 기쁜 시가 무지개 젤리로 떠서
저녁 간식으로 놓여질 수 있어요

진짜루, 후후, 빗자루를 잡고
슬프고 힘든 일을 쓸어 글로 써봐요
느낌숲, 생각숲을 가꿔요

나라 걱정으로, 슬프거나 화나거나
어두운 마음, 온 몸 스폰지에서
비가 내려요 진짜루,
비가 그치니
무지개 젤리도 떴어요

만우절이면 좋겠어 허허,

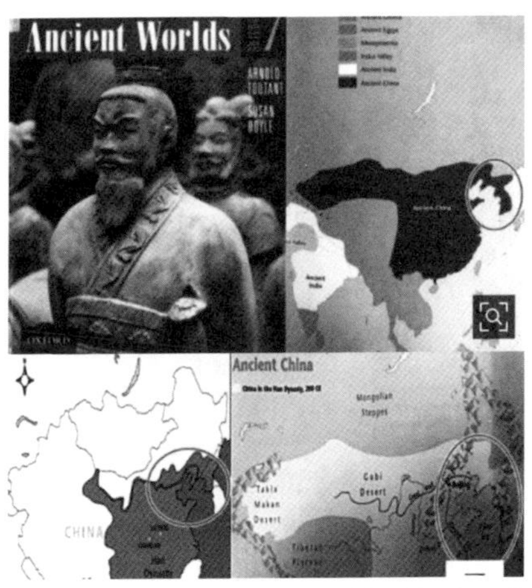

옥스포드대학 출판사 'Ancient Worlds' 교과서에서 한반도가 중국영토에 포함돼 있다
'Ancient Worlds' 교과서 캡처

왜 옥스퍼드 대학 교과서에 한국이 중공식민지로 실렸을까 스텐리 앵거만이 조선 500년은 중국 식민지였대서 충격 받았는데, 이건 또 뭐지 왜 2017년 이 땅을 짜장집에 넘겼다고 미국 뉴스에 나온걸까
"주민등록증" 모바일로 바꾸는 법은
데이터를 중공과 함께 하자는 걸까 뭘까
오늘 만우절인가 허허, 만우절이면 좋겠어
이 땅이 다 쓰러진 오두막이 되면 어쩌지 허허,

메타 버스 타고 집에 가야지

해를 찾기 위해 일어나야지
달을 찾기 위해 밥 먹어야지
푸른 밥주머니, 이 몸 따스하게
조금은 날 수 있게
메타 버스 타고 집에 가야지
가상 우주 버스나 타고 혼자 살라는 건가
다 뜬구름쇼 같아, 인생은 날아다니는 버스인가
자동차는 없으니 버스라도 타야 하는가
환율 오르기 전에 일해서 대출 빚 갚아야지

1년 만에 찾은 까페로
내 기쁜 쉐타와 기쁜 자전거와
기쁜 책과 생수를 안고
몰아쳐오는 슬픈 폭풍에도
아랑곳없이 천천히 가야지

일찍 자리를 뜨지 마세요

조금만 더 참아요
일찍 자리를 뜨지 마세요
사막 위에서 더 간절한
생명수 한 잔이
당신에게 배달될지 몰라요

지쳐 일어나기 힘들 때라도
책 읽기에 게으르지 말고
등 하나 꺼서 전기 아끼듯 기운 아껴
오래도록 싸인 우울과 슬픔으로
나만의 노래를 부르는 동안
노래의 실타래를 따라 올 겁니다

해를 향해 튀어오르는 돌고래처럼
기쁜 시간이 올 겁니다

7부
죽은 시인들과 시국선언서

죽은 시인들과 시국선언시

내가 보는 하늘은 대한민국 거울이고
내가 마시는 물은 대한민국 흙이다
흙과 거울을 못본 채 자기 밥그릇만 보니
붉은 물은 대한민국 등대를 무너뜨리나
자유로운 시절의 옷은 태워버리고
거리마다 빈 가게를 늘여가고
석탄도 못될 잿더미 세상이 보이나
사회주의 환상자들은 이제 깨어나나
나라 생산력, 창조력, 다 떨어지고
거지되는 소셜리즘 맛이 어떤가
우울탄광 속이야 뱃 속까지 시커매졌어 충분히

나를 너머 나라 햇살로 이어져
내가 보는 하늘이 대한민국의 조상이고
내가 마시는 물이 대한민국 자유다 피다

우리는 자유민주주의를 위해 싸웠는데
그토록 외친 민주화가
너희는 인민민주주의화였나
늪인 듯 믿지못할 세상이
빨간 식탁보같이 펄럭이는데
위험한 나라, 저마다의 침묵은
싸이렌 소리보다 아프구나

이제 깨어나 가고 싶지 않은 철길을 막아
다시 일어설 수 있게, 늦지 않게
향기로운 숲으로 가야지 서로 손잡고 가서
꿈의 땔감을 후손들에게 줘야지
시멘트처럼 굳어가는 자유이불을 뜯어
비둘기가 나는 하늘로 바꿔봐야지
기어이 우리 함께 바꿔야지

죽은 시인들 김소월, 한용운, 이상, 백석, 김명순, 이육사,

윤동주, 김영랑, 박인환, 김수영 시인의 영혼과 걱정을 담아

– 신현림 쓰고 대독

오매, 우매 블루스

가두리양식장 물고기같아
우매해진 한국인이 왜 이리 많아졌나
우매하지 않으려 공부로 버티는 시절
커피집도, 병원도 안가네 아껴 만든
딸 학비는 우매한 국민은 안 되게 할
모든 어미들 정성이겠지 실은,
우매한 국민이 왜 많아지는지
알아도 티내기 힘드네, 지금의 비극은
제대로 탐구하지 않고, 질문하지 않고
주입식 교육 가두리장에서
길들여진 물고기 모습 아닌가

소크라테스가 그리스 젊은이들에게
질문을 왜 많이 했는지 절절히 느끼네
마음만 7년 전 머문 그리스 섬
조르바 까페로 밀려가네

나비처럼 울다

홀로 있는 청춘들에게 따스한 바람이
눈이 침침한 이에게 향기로운 노래가 일렁이다
저마다 두려운 마음으로 두렵지 않게 길을 내고
나라 잃을까 줄줄이 낯선 법을 막는
애절한 사람들이 있다 나비처럼 우는 사람들

Apple's Travel#10 , Shin HyunRim. Inkjet print. 2021

마음 변혁만이 우리를 구한다
- 에필로그

나라 빵 주머니 텅 비기 전에
흰 신으로 사람들이 흐느끼기 전에
주어진 시간 속에 다시 살기 위해
우리 날개 꺾는 것들을 이제
몸 사리지 말고 떨쳐내요
이제 당신도 깨어나고 있어요

희망의 모닥불을 피워
몸 밝힐 힘이 타오를 때
기어이 자유와 행복은
우리가 지키는 것

지쳐도 다시 일어난다

네 마음은 자주 지치고, 쓸쓸한 새장이지만
누구나 지치고, 텅 빈 새장이 되고 말아
쓰러져도 누구나 다시 일어난단다

새장 속으로 바람과 구름이 흘러들고
네 일에 몰입 향이 스며와
더 많은 향기 속에서 실력을 쌓을 거란다
네 스스로 해냈다는 뿌듯함으로
가슴이 새장이 아닌 책장이 될 거란다

어깨 힘을 쭈욱 빼렴
그래야 몸이 향기에 푹 담기고
그 향기로 일이 더 잘되겠지
괴롭고 슬픈 일도 걱정마렴
지쳐도 다시 일어날테니

따스한 안경

- 울컥, 대한민국 . 13

보고 싶은 것만 보지 마렴
네 무리에서 잠시 나와
네 바깥에서 나라를 보렴
힘을 모으렴
오래 착각한 안경이
바퀴처럼 커져 우리에게 달려들기 전에

먼 바다 어둔 배들이 울고
먼 하늘 이불같이 끌어당길 해를
이 땅에 가까이 놓으려면
맑게 깨어 옳은 안경을 써보렴
누구 편이 아닌 안경
옳고 그름을 헤아리는 안경
모두를 감싸 안는 따스한 안경을

그림 풍선

어떤 사람들은 진실이란 풍선보다
보기 좋은 유토피아 풍선을 좇는다
꽂혀 버리면 빠져나오지 못한다 아니,
무리에서 나와 외톨이 될까 두려워
그 너머를 안본다

힘센 자는 자리를 빼앗길까 두렵고
힘없는 자들은 시대 흐름을 못보니
풍선이 사라지듯 슬그머니 사라진다
알고 있던 풍선은 풍선이 아니며
풍선은 자신이 그리는 그림 속에
믿고 싶은 풍선일지 모른다

상식 국익 우선주의자의 당부

우리가 더 큰 하늘을 못보니
사랑을 잃고, 나라 잃는 시간 속에 있소
국민이 싸워서 득보는 자들이 누군지 보오
애정하오 내 가진 건 애정꽃 밖에 없소
진보분들은 홀로 비껴서
대한민국 전체를 봐주오
보수분들은 '피차 사랑하라' 는 하나님 말씀 따라
하나가 되도록 기도해주오 그리고,
전쟁터인데 강력한 무기 하나가 빠졌소
그람시가 말한 어떤 무기보다 강력한
언어와 문화예술에 신경을 써주오
모두 큰 하늘을 보며 하나로 뭉쳐주오

양심을 잃은 사기뭉치들은
"인간성 회복"이란 소주를 마시고
속죄의 시간을 놓치지 마오

울컥, 대한민국 Q

다시 올 빛으로
다시 찾을 주권으로
다시 일어설 바람으로
다시 울려 퍼질 종소리로
다시 공부하고,
기도하는 힘으로
아픈 몸이 낫고
잃어가는 자유를 되찾을 겁니다

우리가 뭉쳐
나라를 다시 세울 겁니다
비바람이 멈추고,
좋은 일이 생길 겁니다

자각하는 순간부터 당신은
실패자가 아니라 성공자다
– 루이즈 벨논

해야 할 일이라고 깨달은 일에 대해서는
전력을 다하여 행하라
– 성서

상식 국익 우선주의자의
나라 사랑법

자유주의 상식파의 나라 사랑법

늘 결심하며 일한다
내 결심 하나는 인생 후배들에게
이념 갈등은 절대 물려주지 않겠다는 것

거짓없는 진실을 찾아서

몇 년간 선과 악의 경계선이 무너졌음을 느끼고 몹시 힘들었다. 왜 이렇게 되었을까. 수십 년간 깊이 세뇌된 코뮤니즘 전략에서 나는 찾고 싶다. 안토니오 그람시 진지전이 미국만이 아니라 한국에서도 통했다 "몸 깊이 스미다" p49 등을 보라. 코뮤니즘이 상식으로 스몄더라. 그들의 탁월한 기술에 놀랐다. 어이없이 웃으면서 아팠다.

자유시장 경제만이 살 길이고, 반시장 정책은 몰락 뿐이다

나는 균형감을 아주 중시하는 자유주의자며, 상식파다. 내 가슴에는 양심진보 + 양심보수가 다 있다. 국민을 좌, 우파 나누어 생각해본 적이 없다. 다만 자유민주주의 체제에서만이 경제가 살고, 부국강병을 이룬다는 걸 이제는 안다, 그리고 자유 속에서만이 문학, 예술, 종교 등 모두 훨훨 날 수 있다. 경제가 살면 사람살이도 훨씬 훈훈해지는 건 누구나 알 것이다.

내 소신 발언의 핵심은 경제였다

상업이 있는 곳에 유순한 관습이 있다
- 몽테스키외

가치있는 것이 무엇인가? 돈보다 더 많은 가치를 가져올 것이 있겠는가?
- 사무엘 버틀러

자유시장경제, 그러니까 자유를 소중히 여기는 작은정부, 자유시장 경제에서만이 경제가 살 수 밖에 없는 메카니즘을 뼛속 깊이 깨달았다. 나는 8개월 국제정치와 경제를 집중적으로 공부해서 알게 됐다. 소득주도성장과 같은 반시장 정책은 가난의 길임을 안다면 지지자들이 지도자에게 아우성을 쳤어야 했다. 하지만 대체로 경제를 모른 채 유럽사회주의에 대한 환상을 가졌다는 얘기다. 많은 이들이 꿈꾸는 유럽 사회주의도, 예술문화 발전도 자유시장 경제도입으로 살아난 것이다. 유럽처럼 자유시장경제를 받아들이길 간절히 바란다. 그런 현명하고 지혜로운 국정이 펼쳐지길 절절히 기도한다.

한국인 금융 IQ가 우간다인들 보다 낮았다

한국인 금융 IQ가 우간다인들보다 낮다는 글을 봤는데 깊이 공감했다. 나도 깡통 소리가 날 정도로 경제를 모르는 사람이었다. 이건 교육제도에서조차 의도적으로 안 가르친 이유도 있다는 말을 들어봤다. 마침 어른께서 주신 말씀이 탐구력을 폭발시켰다. "1%만 빼고 나머지 다 가난에 지쳐 죽는 거야. 그래도 자본주의가 낫단다. 기업 살리고, 자유가 있고, 경제 부흥정책으로 이만큼 성장한 거야" 나도 소속된 단체가 진보였지, 나처럼 대부분 작가들은 자유주의 상식파라고 생각한다. 언제 우리가 체제에 대해 고민한 적이 있었나. 막연히 사회주의를 좋게 생각하는 사람들이 많았지, 유럽사회주의가 자유자본주의를 다시 들여 경제가 살아났음을 제대로 아는 이들도 많지 않았다. 나도 집중적으로 공부해서야 많은 걸 알게 되었다.

상업이 있는 곳에 유순한 관습이 있다

- 몽테스키외

가치있는 것이 무엇인가? 돈보다 더 많은 가치를 가져올 것이 있겠는가?

- 사무엘 버틀러

소설 당선과 시인과 소설가 겸업으로

30대부터 소설쓰기를 꿈꿨고, 재작년 <문학나무>에"종이 비석" 단편소설이 윤후명 소설가의 추천당선으로 정식 데뷔했다. 7년간 본격적으로 소설을 배우고 쓰면서 시가 더 잘 써졌다. 몇 권 묶을 시집들과 소설원고와. 사진작품과 여행원고 등등 글들이 너무나 많다. 언제 다 내나 모르겠다.

반지하 앨리스 시집 낸 후 질문과 큰 용기가 된 좋은 일

시집을 낸 후 세대 간의 정치, 역사 인식도 달라 그 고뇌를 이 시집에서도 다루었다. 반드시 균형감 있게 역사를 다시 살펴야만 한다. 작년에는 미국LA 타임즈에 내 5 시집 <반지하 앨리스>가 시1편과 인터뷰가 소개되었다. 반지하가 무대였던 영화의 파급력인데, 용기가 되긴 했다. 그저 꾸준히 작업하다 보면 2019 영국출판사 Tilted Axis 엔솔로지에 실리기도 하고, 미국LA타임즈에 다뤄지기도 하는 거 같다. 고독해도 자기만의 순정한 흰 길을 만드는 일만이 중요하다.

사랑한다는 것은 전체를 보는 것이다

전체를 보는 것이 이토록 어려운 것인지 묻게 된다. 사람에 대한 사랑, 세계를 바라보는 시선, 그 무어든 전체를 봐야 제대로 보이더라.

고독을 축복으로

고독은 세상의 모든 모습을 흰 뼈로 드러낸다. 그 흰 뼈는 은사시나무가 될 수도 있고, 흰 집이 될 수도 있다. 어쨌든 더 작업에 몰두하여 고독이 축복이 되도록 단련을 시켜야 했다.

반지하 엘리스의 행복

- 신현림

보일러만 켜면
방은 따스한 알이야 알 속은
볏단 같은 몸 간신히 뉘여도
얼마나 다행인지 몰라 주인이 나가래서
다녀 보니 월세밖에 없다
흙먼지 토할 희망도 없다

살아갈 날은 자꾸 줄고
누구나 잠시 텐트 치고 가는 거니까
바람에 떠는 달개비처럼 불안해도
슬픈 일을 음미하면
어떤 흥미로운 일이 생길지 몰라
흰 토끼가 지나갈지도 몰라
창밖에 흰 눈이 펄펄 내려

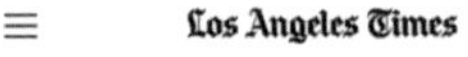

LOG IN

LIMITED-TIME OFFER | **$1 for 4 weeks**

— from "The Happiness of Banjiha Alice," by Shin Hyun-rim

"It could only have come out of that space," she said of the book.

Over the years of living there, though, she began drawing inspiration from the sense of otherworldliness the home seemed to engender. In 2017, she published a book of poetry, titled "Banjiha Alice," based on how she felt when she moved in, as though she'd been dropped into a strange world, much like how Lewis Carroll's protagonist felt.

My remaining days keep dwindling
But we're all just briefly pitching a tent
I may be fretting like a dayflower trembling in the wind
But if I savor in the sadness
Maybe something amusing will happen
Maybe a white rabbit will run past

Los Angeles Times LOG IN

Shin, the poet, moved into one with her then-5-year-old daughter around 2007. It was the only unit the single mother could afford in the area after she was forced to leave her previous home.

"It's the last place you descend to when you're out of money," she said. "It felt like a grave."

Poet Shin Hyun-rim, right, is interviewed in her semi-basement home in central Seoul. (Shin Hyun-rim)

후손들에게 이념 갈등은 안물려주겠단 결심으로

후손들에게 이념 갈등을 안물려 주겠단 결심으로 소신 발언을 했다. 불이익도 감수하며 산지 4년째다. 중산층이 무너지면 자유민주주의도 붕괴된다. 이 말을 나는 자주 했다. 최근 내 말이 맞았다는 어느 지인의 응원이 위로가 됐다. 누구나 자신이 아는 게 진실이고, 다르면 가짜라 여기는 본능이 있다. 하지만 더 많이 탐색해 깨달음이 다를 수 있다. 그런 점에서 경청해주면 얼마나 고마울까.

한국인들은 많이 현세적이다

한국인들은 현세적이고 이성보다 감성. 감정이 앞선 편이다, 그래서 영혼 세계를 믿는 서구문학 뿌리보다 얇을 밖에 없는 구조를 가졌다. 뼈만 남고 우리의 몸이 사라지듯이 늘 핵심과 본질을 살피면 영혼세계는 더 사심없고 단단해진다. 그래서 나는 사심없이 가자. 더 멀리 깊게 보며 가자, 며 나를 응원한다. 그리고 모두를 응원한다. 신의 사랑을 전하면서.

긴가민가했던 일이 현실이 됐다
인쇄 전에 멈춰 이 글을 쓴다

애통하는 자는 복이 있나니 그들은 위로를 받을 것이요
의에 주리고 목마른 자는 복이 있나니 그들은 배부를 것이요
– 마태복음 5장

나라 걱정이 해안가 돌만큼 많아졌다. 지인들과 정보를 나누며 놀란 일이 1년 후 현실이 되었다. 다리가 떨릴 지경이다. 방금 NTD뉴스를 봤다. "노르웨이와 일본이 독감의 일종이라며 코로나 19를 해제"했고, 영국, 덴마크 등에선 백신 여권을 취소했다는 소식이다. 얼마나 빠른 정보를 갖느냐가 운명을 결정한다. 이것은 좌우 상관없이 옳고 그름에 대한 분별력과 민첩한 판단과 행동도 운명을 바꾸리라 본다. 긴가 민가 했던 무서운 일들. 나는 마음속에서 길게 외쳤다. 세상 움켜쥐려는 자들이 주는 공포에서 벗어나자. 어둠을 빛으로 기적을 만들자.

"지금 세상에서 가장 심각한 질병은 코로나 ㅅㄱ에 세뇌되어 인지와 사실판단 능력을 잃어버린 정신증 psychosis이다 -미국 의사. 오경석" 세뇌가 얼마나 큰 비극을 만드는지 놀랄 뿐이다.

<Q-세계를 구하기 위한 계획>. 이 영상으로 지금 벌어지는 일들의 모든 궁금증이 풀렸다. 여기서 그 긴 다큐 메시지의 일부만이라도 풀어놓고 이야기를 마무리해 보겠다.

Q. 세계를 구하기 위한 계획

세계의 모든 불행이
의도된 것이라면

Q 메세지는 이렇게 시작되고

여러분은 왜 우리가 전쟁에 나가거나, 왜 여러분이 빚에서 못 빠져나오는지에 대해 의문을 가진 적이 있나요? 왜 가난과, 분열과 범죄가 일어나는지에 대해서도요. 그 모든 것에는 이유가 있다고 말씀드린다면 어떻게 하시겠습니까? 사실 그 모두가 의도된 것이었다면 어떻게 하시겠습니까? 세계를 부패에 빠뜨리고, 우리 음식에 독을 섞고, 분쟁에 불을 지피는 이들이, 영원히 그것을 지구상에서 없애겠다고 약속했던 바로 그 자들이라면 어떻게 하시겠습니까? 여러분은 그것이 상상속의 허구라 생각하실지도 모르죠. 지금부터 들려드릴 이야기가 있습니다. (...)
범죄자들은 법은 상관치 않고 타인의 권리에 앞서 사적 이익을 선택하는 자를 말합니다.
범죄자들은 기업계나 정치계에서 성공을 거둘 수도 있고, 여러분의 지도자로 당선될 수도 있습니다. 만일 범죄자가 지도자가 된다면, 그들이 이룰 수 있게 될 일들에 대해 상상해 보십시오 그들은 훨씬 더 큰 범죄를 저지르기 위해 가진 모든 행정력을 동원할 수 있고, 그들과 그들의 동료들이 최대한의 부(富)를 이루도록 보장할 수도 있겠죠. (...)
20세기는 전쟁과 경제위기, 기근과 퇴거로 인해 불안했습니다. 언제나 우리는 이런 일들을 그저 인간 본성의 문제나, 세상이 돌아가는 방식으로만 여겨왔습니다. 우리를 이런 행동으로 이끄는 것은 불가항력이라던가, 인간 본성의 약함 때문이라고 하면서 말이죠. 바로 이 지점이 비극적이게도 우리 모두가 잘못 생각하고 있는 부분입니다. (...)
우리는 '자본주의'가 거대한 부(富)의 양극화와 빈곤의 이유인 것으로 배웠습니다. 그리고 그것이 전쟁과 범죄와 기근을 낳게 되는 이유라고 배워왔죠. 다른 이들은, 온 인류의 부(富)의 평등을 주장하는 '공산주의'가 이 모든 분란에 대한 비난의 당사자라 배워왔습니다. 하지만 여러분, 그것은 아무 상관이 없습니다. 싸우고 인종차별론자가 되는 것은 우리의 본성이 아니며, 타인의 것을 빼앗는 것도 우리의 본성이 아닙니다. 다만 여러분이 알고 계셔야 할 것은 '범죄자들'이 도처에 있다는 점입니다. 그렇습니다. 그들이 권력을 가졌습니다. 범죄자 하나가 가질 수 있는 것 보다 훨씬 더 큰 권력을 가졌습니다. 그들은 우리의 뉴스와 연예계를 통제하는 미디어 기업들의 정점에 섰습니다. 그들은 금융 시스템의 정점에 올라섰습니다. 또한, 백악관 집무실에, 브뤼셀에(EU의 본부 소재지), 바티칸에(교황청 소재지), 왕실에, 그들은 조용히 스며 들었습니다. 그들은 식량 공급을 컨트롤 해 온 농업 회사들의 경영진이 되었습니다. 또한 우리가 아플 때 도울 것이라 믿고 있는 거대 제약 회사들의 경영진이 되었습니다

다. 아무도 그들을 막지 않았습니다. 그리고 그들은 그들을 도울 더 많은 범죄자들을 고용했습니다. 먼저 그들은 세계의 부(富)를 축적했습니다. (...)
그래서 그들은 미디어에 대한 지배력을 활용하여 흑인과 백인을 갈라놓고, 여성과 남성을 갈라놓고, 젊은 층과 노년층을 갈라놓고, 무슬림과 기독교를 갈라놓습니다. 그들은 '우리'가 문제라고 확신시키고, 우리가 싸워서 스스로를 파괴시키도록 만듭니다. (...) 다 들으시면 속이 뒤집히실 수도 있습니다. 우리는 그저 삶을 이어나가고자 할 뿐입니다. 그렇다면, 선한 이들은 다들 어디에 있는 걸까요? 선한 이들은 다만 결혼하고, 아이를 갖고, 살림을 꾸리고, 그들의 자유를 누리고 싶어합니다. 선한 이들은 있었습니다. 많이. (...) 하지만 범죄자들은 그들의 권력을 지키기 위해 약한 미국을 필요로 했습니다."
약한 미국을 만들려는 범죄자 리더들이 만든 일들을 세세히 말하면 모두 충격을 받을 것이다. 의미없는 모든 전쟁들, 테러리즘, 빈곤과 인종청소까지 의도된 것이라면 사람들은 어떤 심정이 될까. 이 세계에서 일어난 끔찍한 사건 사고들이 권력 범죄자들에 의해 벌어졌다면, 어떤 생각이 들까. 미국에서 70년간 선한 리더는 케네디, 레이건, 그리고 지금 압승하고도 리더 자리를 강탈당한 분, 곧 돌아올 트럼프. 이 세 사람이라고 한다. 여기서 Q를 알아보고 가자.

선한 이들은, NSA의 통제권과 함께, 'Q'의 정보를 확산시키는 프로그램을 시작했습니다. 온라인상에서의 풀뿌리 정치 운동인 "위대한 각성"이었죠. 위대한 각성 그것은 최초 언더그라운드 인터넷 채널에서 시작되어 주류로 이동했습니다. Q는 세계의 사건을 좇고 진실을 바라는 이들에게 있어 하나의 재밋거리였습니다. 하지만 이제 그것은 훨씬 더 중요하고 필수적인 단계를 시작하려 하고 있습니다. 딥스의 전쟁이 수면 위로 발발했을 때 대중들에게 정보를 전달하는 역할입니다. 저희는 가장 먼저 깨닫게 된 분들의 일부입니다. 우리의 작은 분열들은 빙산의 일각일 뿐.. 우리는 자본주의냐 사회주의냐, 민주당이냐 공화당이냐, 흑인이냐 백인이냐, 무슬림이냐 기독교이냐는 건 결코 문제가 아니란 점을 깨닫고 있습니다.

어두운 바다 위 오징어선 불빛같은 희망을 보다

그들이 펼치는 정책은 극좌 막시스트의 것이다. 늘상 써먹는 전술이 "분열"과 "혼란". 어렵게 인용한 윗 글들은 서두 밖에 안된다. 이후 네 배의 자막 분량이 남아있다. 남은 것은 영상으로 직접 만날 수 있으면 좋겠다. 이것은 미국, 전세계의 일이며, 우리와 이어진 일이다. 이만열교수의 펜데믹에 대한 연설과 "Q"의 메시지는 반드시 알아야 할 필독 다큐였다. "Q"의 메시지는

네 번째까지 봤고, 영상이 아주 매혹적이다. 여기서 전체를 보여드릴 수 없어 슬프다.
선한 이들이 "Q"를 가졌음은 신의 마지막 축복이 아닐까 "Q"에 대해 감사한다. 어둔 바다 위 오징어선 불빛 같은 희망이 느껴진다.

신현림
여러 시집들의
시평들

신현림은 우리시대를 대표하는 용감한 시인이었고, 그녀 앞에서는 적어도 여성 시인이라는 말도 함부로 꺼내기 어려운 사람이었다. 젊은 날의 신현림의 시는 도발적이고 또 자극적이었다. 거칠었지만 내밀한 속살은 따뜻했고 그러면서도 시대가 요구하는 모험과 발언을 아끼지 않았다. 시적 원숙함은 과거에 시로 표현하지 않았던 새 영역까지 시로 표현하여 확장시켰단 점에 있다. 고통스러운 모험의 도정에서는 다시 마음을 추스르고 먼 길 떠날 수 있게 시인과 세상 그리고 그 숱한 타인들을 묶어주고 이어주고 있다.

– 김남석. 문학평론가 〈사과꽃 당신이 올 때〉

신현림 시집은 시정신의 모험에 한 전형으로, 젊고 패기만만한 시들로 가득하다. 이 시인에게 기대를 거는 것은 언어에 대한 뛰어난 감각, 감성과 지성, 부드러움과 강함, 거대한 내면을 지녔기 때문이다.

– 서준섭 문학평론가 〈지루한 세상에 불타는 구두를 던져라〉

신현림은 언어를 비틀어놓고, 비틀어 놓은 언어들이 이루는 공간에서 세계와 인간의 또다른 모습을 생각하게 하고, 감수성의 날카로움과 치열한 몸부림을 섬뜩하게 받아들이지 않을 수 없게 한다. 보기 드문 새로운 감수성으로 또 다른 한국시의 꽃을 피우고 있다.

– 김선학 문학평론가. 동국대교수 〈세기말 블루스〉

신현림은 패기만난하고 상상력이 신선하다. 거리낌없이 활달한 어법이 주는 자유로움과 시와 사진, 그림과 꼴라주를 통한 파격적이고 특이한 매혹으로 넘친다. 현대인의 허기진 그리움, 기다림, 재즈같은 권태 등을 노래하여 가슴을 올리는 황홀한 내면 풍경과 외로움의 미학을 보여준다.

– 이승훈 문학평론가. 한양대국문과교수 〈세기말 블루스〉

신현림의 시를 읽는 것이 때로 종교보다 더 종교적일 수 있고, 마법보다도 더 마술같을 수 있다. 결코 위험하지 않은 신비로운 마약이다.

– 차창룡. 시인 문학평론가 〈침대를 타고 달렸어〉

시인은 늘 세계를 새롭게 해석하고 미적 지평을 갱신해 왔다. 베르그송을 인용할 때 "변화한다는 것은 원숙해진다는 것이며, 무한정 자신을 창조한다는 것이다." 신현림의 시론처럼 읽힌다.

– 김순아 문학평론가 〈반지하 앨리스〉

진짜 사람냄새와 그 뜨거움의 추구는 시인 신현림의 영원한 모토이다. 〈세기말 블루스〉로 시단의 뜨거운 주목을 받을 때에도 그러했고, 2020대에도 그러하다.

– 나민애. 문학평론가 〈7초간의 포옹〉

기형도는 암울함의 미학이 스며나고
신현림은 암울함 속 투지가 싱싱하게 폭발한다
랭보는 남다른 상상력으로 여인을 읊고
신현림은 치열한 시선으로 여성을 노래한다.
엉뚱한 상상력은 비범하며,
BTS 세대와도 통할 언제 어느 시대에 읽어도
뜨거울 청춘의 명작이다

- 최선영. 문학박사. 이화여대 특임교수 <지루한 세상에 불타는 구두를 던져라>

지은이 신현림

신현림 약력. 시인. 사진작가. 소설가

경기 의왕에서 태어났다.
아주대학교 국어국문학과를 졸업하고,
상명대학교 예술디자인 대학원에서 비주얼아트로 석사 학위를 받았다.
아주대, 한국예술종합학교에서 강사 <텍스트와 이미지>로 강사역임.
《현대시학》으로 등단,
시집으로 『지루한 세상에불타는 구두를 던져라』, 『세기말 블루스』,
『해질녘에 아픈사람』, 『침대를 타고 달렸어』, 『반지하 앨리스』,
『사과꽃당신이 올 때』, 『7초간의 포옹』, 『울컥, 대한민국』이 있다.
문화예술 에세이 『나의 아름다운 창』, 『신현림의 미술관에서 읽은 시』,
『애인이 있는 시간』, 『엄마계실 때 함께 할 것들』, 『아무 것도 하기 싫은 날』 등
다수의 에세이집과 세계시 모음집 20만 독자 사랑
『딸아, 외로울 때는 시를 읽으렴』, 『아들아, 외로울 때는 시를 읽으렴』,
『시가 나를안아 준다』, 『아일랜드 축복 기도』 등을 출간했다.
동시집 『초코파이 자전거』에 수록된 시 「방귀」가 초등 교과서에 실렸다.
최근 영국출판사 Tilted Axis에서 한국 대표여성 9인으로 선정되었고,
2019 문학나무 가을 호에 단편소설 <종이 비석> 추천 당선 발표했다.
사진작가로서 세 번째 사진전 '사과밭 사진관' 으로
2012년 울산 국제사진 페스티벌 한국 대표 작가로 선정되었고,
사과던지기 사진작업 '사과여행' 시리즈를 계속 하고 있다.

사과꽃 현대시 읽기

좋은 시는 뜻깊게 이어갈 생의 가치를 다시 살피고, 최후의 도덕성을 지킬 양심과 죄의식까지 비쳐내는 거울이다. 그 거울이 미학적 완성도를 높이려는 시인의 치열한 노력으로 동시대를 비추는 정신과 감각의 등불이 된다. 〈사과꽃 현대시 읽기〉는 이 시대의 첨예한 시정신과개성이 돋보이는 시인들 시집들로 정성 다해 선보일 것이다.

사과꽃 시선을 펴내며

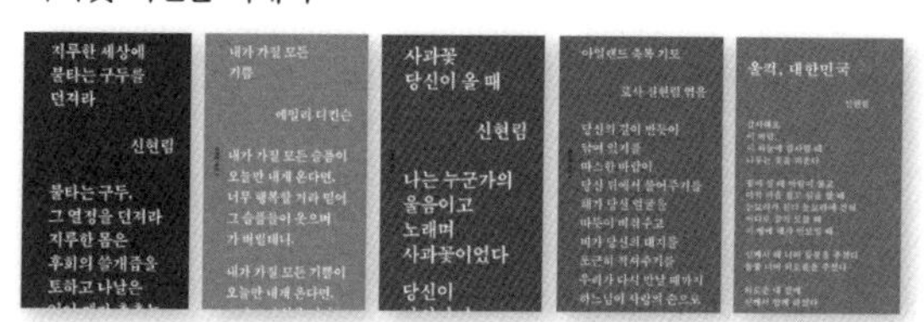

초현실주의 세계 시선/ 세계 페미니즘 시선/ 세계 사랑시 시선/ 세계 청소년 시선 (근간)

한국 대표시 다시 찾기 101

나혜석, 김기림, 오장환 (근간)

세계시 모음집 사과꽃 에세이 선집

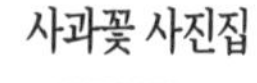

울컥, 대한민국

1판 3쇄 인쇄 2021년 10월 21일
1판 3쇄 발행 2021년 10월 27일

지은이 신현림
펴낸이 신현림
펴낸곳 도서출판 사과꽃
서울 종로구 옥인길74 (3-31)
펴낸곳 도서출판 사과꽃
이메일 abrosa7@naver. com
facebook hyunrim. abrosa
instagram hyunrim_shin
YouTube 신현림Tv / 신현림 부자되는 책등대Tv

등록번호 101-91-32569
등록일 2012년 8월 27일
편집진행 사과꽃 표지
표지 디자인 신서윤
내지 디자인 연선옥
인쇄 신도인쇄

값 13,000원